이훈 단편소설집

七夕

칠석

이 훈 지음

지 샘

차례

· 이훈 단편소설집 ·

七夕

이번 여름, 나는 4개월 만에 일본에 돌아왔다. 나는 가깝고도 먼 나라, 한국에서 공부하고 있다. 나는 2년 전까지 한국과 거래하는 작은 무역회사에서 근무했었다. 그러나 한국 음식문화에 대해 공부하겠다며 회사를 그만두고 이웃나라로 탈출했다. '음식문화 공부'라는 것은 표면적인 동기였고 가장 큰 이유는 실연때문이었다. 그것도 갑자기 찾아 온, 너무 사랑했던 남자 친구와의 이별이었다.

21세기 첫 해돋이를 같이 보면서, 함께할 앞날을 설계했었는데, 불과 1주일 후, 그는 달 밝은 밤에 집근처까지 찾아와 머리를 조아리며 말했다.

"우리 헤어지자. 꼬박 1주일 생각하고 내린 결론이야."

내가 우리의 미래를 설계하던 첫 해돋이 바로 그날, 그는 반대로 이별을 생각했다니….

헤어지자는 말을 듣고 있는 나보다 더 비장한 표정으로, 그는 잠시 하늘을 우러러보았다. 아직 슬픔이나 분함 같은 감정과는 거리가 먼, 완전히 고요한 심경에 있던 나는 아주 차분한 목소리로 했다. 물었다.

"왜?"

그의 입에서 다음 말은 이어지지 않았다. 나는 하늘을 올려다 보면서 용기를 쥐어짜고 있는 그를 물끄러미 바라보았다. 그는 겨우 말을 이었다.

"그래, 1주일 동안 생각해 봤어. 우리의 미래에 대해서. 안 보여, 미래가…. 그래서 지금 헤어지는 편이 덜 힘들 것 같아. 앞으로 계속 같이 하는 것보다…."

고뇌로 가득 찬 그의 눈. 내 목소리는 조금씩 조용히 떨리기 시작했다.

"알았어. 그럼 그만 만나자."

그런데 그는 뭔가 애원하는 듯한 표정으로 어이없는 말을 했다.

"그건 정말 힘들어."

"힘들다니 무슨 말이야? 정말 어이없다. 갑자기 헤어지자더니 내가 그만 만나자고 하니까 정말 힘들다고?"

내 마음 속 파도가 점점 거칠어졌다. 그는 눈을 감고 생각에 잠겼다. 마치 심한 통증을 이를 악물고 참아내는 환자처럼. 그리고 통증이 사그라든 후의, 초췌해진 듯한 눈으로 내게 말했다.

"다음 주 다시 만날래? 다시 한 번 생각해 볼게."

"……"

무엇을 다시 생각해 본다는 건지…….

오른쪽 눈에서 눈물이 한 방울 흘러 내렸다. 그리고 왼쪽 눈에서도 뚝. 이제서야 눈물이 나온다. 이제서야….

그는 자주 이런 말을 했다. '오리코(織子)는 둔하다'고. 계속 흘러내리는 여자의 무기 '눈물'. 나는 두 손으로 얼굴을 가렸다. 잠시 후 얼굴을 가린 나를 그가 커다란 두 팔로 감싸 주었다. 따뜻했다…. 한참 동안 그렇게 안아 주었다.

* * *

결국 1주일 후에도 그의 '헤어지자'는 마음에는 흔들림이 없었다. 이유 역시 '미래가 없다'는 것이었다. 미래가 없다는 이유만큼 답답하고 짜증나고 호기심을 자극하는 것도 없을 것이다. 드디어 폭풍우와도 같은 감정이 일기 시작했다. '헤어지자'는 말이 나온 이후 무려 6개월 동안, 우리들의 이른바 '전쟁'은 계속되었다. 남녀 간의 헤어지자, 말자 하는 기간은 길다고 했던가.

한쪽에서 상대방에게 돌을 던지면 맞은 사람은 상대방에게 따지고, 던진 사람은 미안하다고 사과한다. 우리는 6개월 동안 그렇게 하길 몇 번이나 되풀이해 왔다. 그를 포기 못한 나는 '친구라도 괜찮다', '곁에 있는 것만으로도 충분하다'고 생각하게 되었고, 애써 연애감정을 억누른 채 친구로 남기 위해 노력했다. 지금 되돌아보면 내가 생각해도 정말 한심할 정도로 애썼던 것 같다. 그래도 그는 그런 나의 마음 속에 아직 남아 있는 연애감정을 예민하게 알아차리고 로댕의 '생각하는 사람' 마냥 나를 대했다. 비정상적이고도 알 수 없는 관계였지만 어쨌든 그가 원하는 대로 우리는 만남을 계속했다.

하지만 그러한 만남에 드디어 종지부를 찍을 시기가 오고야 말았다. 사랑하는 할머니가 돌아가시고 일주일쯤 지났을 무렵 그한테서 갑자기 전화가 왔다. 우리는 한달 반쯤 서로 연락하지 않은 상태였다. 그간 돌 던지고 맞는 일 때문에 서로 마음에 중상을 입고, 상처가 아물 때까지 휴전상태에 들어가기로 했던 것이다. 친구의 친구, 아무튼 여러 사람을 통해 할머니가 돌아가셨다는 사실을 알게 된 그가 만나자고 전화를 한 것이다. 이튿날 자주 만나던 공원 근처 카페에서 만나기로 했다.

약속 시간보다 조금 일찍 도착한 나는 공원을 거닐었다. 조금 있으면 저녁 7시인데도, 공원 안 연못에 떠 있는 몇 척의 보트에는 연인들, 가족들이 유유히 보트를 저었고 연못에는 물결이 일었다. 다른 보트들이 만든 물결에 흔들리는 보트 한 척이 보였다. 거기에는 백발의, 고운 할머니가 타고 있었는데, 연못에 이는 물결을 바라보며 미소 짓고 있었다. 물결에 비치는 옛 추억들은 분명 아름다운 것임에 틀림없을 것이다.

할머니의 사십구제때까지 팔에 끼고 있기로 했던 염주가 쑥 빠졌다. 그것을 주우려 몸을 낮추자 뒤에서 부르는 소리가 들렸다.

"오리코."

돌아보니 윗도리를 팔에 걸친 그가 서 있었다. 그도 약속시간보다 일찍 도착해서 공원 연못 주위를 한 바퀴 돌며 시간을 보냈다고 했다. 우리는 고깃집에 가기로 했다. 공원 가까이에 숯불 고깃집이 있었다. 가격도 괜찮고, 특히 나는 그 집에서 파는 양구이를 좋아했다. 그는 생맥주, 안심 그리고 양구이를 주문했다. 생맥주가 나오자,

"할머니의 명복을 빌며."

"명복을 빌며."

"시원하다."

고 웃으며 말했다. 그리고 우리는 서로의 근황에 대해 이야기했다. 그는 한달 전에 3주간 태국에 출장 갔다 왔다고 했다. 태국 요리는 맵지만 여러 가지 향신료가 들어가 너무 맛있다는 이야기, 아침 거리에서 자주 봤다던 선명하고 향기로운 꽃이나 여러 공양물을 머리에 이고 가는 여자들 이야기, 향, 기름, 매연, 사람들의 땀 냄새들로 뒤엉킨 태국 거리 이야기…. 이야기하는 그의 눈빛은 예전의 그의 눈빛이었다. 온화하고 가끔 장난기 어린…. 나를 똑바로 바라보는 그리운 눈빛. 양구이를 추가로 주문한 후 그 눈이 희미하게 흐려졌다.

"근데 할머니는 언제 돌아가셨어?"

만나기 전에 나는 굳게 마음 먹었다. 절대 울지 말자고. 나는 그

토록 좋아하던 할머니에 대한 이야기를, 그토록 좋아하는 양구이에
는 눈길도 주지 않은 채 그에게 말했다. 나는 할머니에 대한 이야
기를 그에게 말하고 싶었다. 소중한 사람의 인생을, 조금이라도 많
은 사람들 기억에 새겨 넣고 싶었다. 특히 아직까지도 사랑하고 있
는 그의 기억에.

"할머니랑 같이 노래방 가기로 했는데, 그 약속을 난 늘 바쁘다
며 뒤로 미뤘어. 결국 약속도 지키지 못하고 할머니는 저 세상으로
가버렸네."

생맥주 세 잔에 얼굴이 새빨개진 그는 그 말을 듣고는,

"그럼, 지금 가자. 니가 사랑하는 할머니를 위해."

라며 일어섰다. 그는 계산서를 집어 들고 등을 돌린 채 나지막한
목소리로 내게 물었다.

"근데, 왜 나한테 말 안 했어? 할머니가 돌아가셨다고."

나는 못 들은 척하고 가방을 어깨에 걸치고 식당 밖으로 나갔다.
우리는 노래방에 가서 2시간 동안 노래를 했다. 나는 할머니가 좋
아하던 '강이 흘러가는 것처럼(川の流れのように)'을 불렀고, 그
는 할머니가 좋아했던 가수 스기 료타로(杉良太郎)의 '틈새 바람
(すきま風)'을 잘 알지도 못하면서 반주에 맞추어 더듬거리며 불렀
다. 마지막으로 그는 '스탠드 바이 미'를 불러 주었다. 그때 참고
있던 눈물 주머니가 터진 듯, 한 방울, 두 방울, 눈물이 떨어졌다.
그는 간주가 흐르는 동안 나를 따뜻하게 바라보며 마이크에 대고,

이훈 단편소설집

"울지마…."

라고 했다. 노래방을 나와 우리는 어쩌다가 영화를 볼 약속을 하고, 다음에 보자며 헤어졌다. 그를 너무나도 사랑하는 나는 할머니에게 감사했다. 친구라도 좋아, 그와 다시 새로운 관계를 맺을 수 있다면….

* * *

그로부터 이틀 후, 갑자기 그에게서 휴대폰 메시지가 왔다.

'실은 여자친구가 생겼어.'

무색 투명한 차가운 감정으로 나는 그에게 전화를 하고 있었다.

"어떤 사람이야? 언제부터?"

전화로는 그가 어떤 표정을 짓고 있는지 알 수 없었다.

"…태국에서 만났어. 거기 지사 직원인데 일본 사람이야. 이것저것 일 가르쳐 주다가 서로 좋아져서, 내가 일본에 돌아오기 전날에 사귀기로 했지."

그렇다면 사귄 지 한 달이 된다.

"왜 진작 말 안 했어?"

내 마음은 다른 질문을 그에게 던지고 있었다. '내가 이렇게 힘들어하는 거 알면서 왜 지금 말하는 거야?'

"너한테 상처 주고 싶지 않아서."

나는 그 때 태어나서 가장 큰 상처를 입었다.

"그래? 잘됐네. 안 그래?"

마음 속에서는 폭풍, 태풍, 홍수, 폭설이….

"내일 영화 같이 보는 거지?"

그의 목소리는 나를 열심히 살피고 있었다. 여기서 지면 안 된다고 나도 애써 아무렇지도 않은 척 했다. 폭발할 것 같은 감정을 필사적으로 억누르면서,

"응, 내일 4시에 그 카페지?"

"그래. 내일 보자."

"응, 그럼."

전화를 끊고, 나는 바로 감정에 맡긴 채 메시지를 눌렀다. 주체할 수 없는 이 감정의 폭풍. '실은 나도 호감 가는 남자가 있어. 여자친구가 생겼다고 해도 난 아무렇지 않아. 하지만 할머니의 죽음으로 내가 힘들어 하는 거 알면서 그런 메시지를 보내는 너의 무신경함에 상처를 입었어. 이제 보고 싶지 않아' '호감 가는 남자'라니 너무나 속 보이는 말이다. '여자친구가 생겼다고 해도 난 아무렇지 않아'라니 난 거짓말쟁이다. 아주 가벼운 돌을 그에게 던져 버렸다. 보내고 나서 후회했지만 하는 수 없었다. 마음 속에서 돌은 풍당 소리조차 내지 않은 채 허무하게 가라앉아 버렸다.

그후 일주일 동안 나는 생각했다. 어떻게 하지? 이대로라면 난 병에 걸리고 말 거야. 정말 그렇게 되어 버릴 것 같았다. 지나친 생각일지 모르나, 나의 존재가 흔들리는 것 같은 위기감을 느꼈다.

직장 선배와 점심을 먹으면서 그녀가 한국에 어학연수를 갔을 때 이야기를 들었다. 얘기를 들으면서 나의 머리 속에 '이리 와.'라는 한글이 떠올랐다. 그녀와 함께 점심을 먹은 그날 밤 나는 사표를, 그리고 한국에 있는 어학교의 원서를 쓰고 있었다. 그리고 다음 날 과장님 책상에 사표를 올려놓고 정중히 고개 숙이며 말했다.

"다음 달부터 한국에 유학 갑니다."

과장은 눈이 휘둥그래져서는,

"한국에 관심 있었던가?"

"회사에서 일 하면서 한국문화에 관심 생겼어요."

"한국문화? 그래? 문화 같은 것에 관심 있는 줄은 몰랐는 걸?"

'문화'라고 하면 뭐든 고급스럽게 들리는 법이다. 예전에 누군가 그랬지, '불륜도 문화'라고. 요즘 길거리서 자주 보는 도깨비 같은 화장에 대해서도 누군가가 이런 말을 했다. '젊은세대 문화'라고.

"문화라고 해도 범위가 넓잖아. 구체적으로 어떤 것에 관심 있어?"

'과장님도 의외로 날카로운 구석이 있군.'

"음식문화요."

자료, 주문서, 컴퓨터, 전화기. 여러 가지 물건들로 어수선하고 따분한 책상들. 서랍 속에서 김치, 비빔밥, 불고기…, 누구나가 알고 있는 한국요리가 가벼운 비누방울이 되어 둥둥 떠올랐다. 천정까지 높이 떠올랐다. 음식문화, '문화'를 붙이니 그럴 듯하다. 고

七夕

급스러운 느낌이 든다. 그런데 과장이 피식 웃는 순간 비누방울들이 하나 둘 터져버렸다.

"음식문화라…."

나는 신경 쓰지 않았다. 어쨌든 일본에서 탈출해야 했으니까. 이대로 있으면 나는 중병에 걸리고 만다. 틀림없다. 생각해 볼 여지도 없었다.

* * *

정신없이 인수인계, 송별회 등을 마치고, 어느덧 '한국으로 탈출'할 날이 코앞에 다가왔다. 친한 친구들을 한 명씩 만나 인사를 했다. 그럴 때마다 누구나 한결같이 이렇게 물었다.

"왜 한국이야?"

그들이 의아해 하는 것도 이상할 게 없었다. 지금까지 나는 한국의 '한'이란 글자도 꺼낸 적이 없었으니까. 하지만 나는 아무렇지도 않게 대답했다.

"한국 음식문화에 관심이 있어서."

친구들은 '문화'라는 말에 대단하다는 듯 표정을 지었다.

"대단하다, 오리코. 그런 생각을 하고 있었구나. '문화'라니."

'문화' 만세!! 만만세!!

* * *

　출발 1주일 전 저녁, 휴대폰 메시지가 왔다.

　'집이야?'

근 한달 만에 그한테서 온 메시지였다. 나는 솔직히 동요했다. '이제 와서 새삼 왜?' 그리고 생각했다. 이것은 시련이라고. 하느님이 날 시험하고 있는 거라고. 그런데 대체 뭘 시험하려는 걸까? 그건 잘 모르겠지만, 난 그렇게 직감했다. 시험에 빠뜨리고 있는 거라고. 메시지에 답을 하지 않았더니 전화가 울렸다. 몇 번이나 전화벨이 울렸지만 나는 받지 않았다. 계속 귀를 양손으로 막고 켜 놓은 텔레비전 전파만 쏘이고 있었다.

　두어 시간 지나 전화의 폭풍도 조용해졌을 즈음, 어쩐 일인지 나는 그에게 메시지를 보내고 있었다. '중병'에 걸렸으니 어쩔 수 없다. 시련에 무릎 꿇고 만 것이다.

　'지금 카페에서 친구를 만나고 있어. 할 말 있으면 문자로 보내.' 잠시 후 그한테서 메시지가 왔다.

　'니가 한국에 간다는 소식 들었어. 실은 아까 너네 아파트 뒷산 근처를 산책하던 차에, 혹시나 만날 수 있을까 해서 연락을 한 건데…' 사귀던 시절 자주 산책하던 그 뒷산 길. 나는 웃었다. 저녁 8시에 산길 산책이라니. 웃으면서도 왠지 눈물이 났다. 자꾸 자꾸 눈물이 흘렀다.

* * *

출발 전날, 결국 우리는 자주 만나던 그 공원 근처 카페에서 만났다. 그는 시종일관 말이 별로 없었다. 나는 지금까지 그에게 많은 편지를 썼다. 그 날도 나는 그에게 편지를 건넸다. 내 마지막 편지를 받으며 그는 나에게 뭔가 호소하는 듯한 눈으로 말했다.

"너, 나를 정말 많이 아껴줬지?"

뱃속이 갑자기 뜨거워졌다. 갑작스레 끓어 넘칠 것 같은 감정을 식히기 위해 아이스커피를 들이키고는 아무렇지도 않은 표정으로,

"이제 와서 그런 말 하면 뭐해?"

그는 눈을 지그시 뜨며 다시 물었다.

"날, 깊이 사랑했었지?"

나는 창 밖으로 보이는, 얼마 안 있어 초여름을 맞이할 조용한 공원의 새싹들 눈부신 벚꽃나무들을 바라보았다.

"응…."

"참, 아파트 혹시 옮겼어?"

나는 그의 눈을 똑바로 쳐다보면서 '아니'라고 고개를 가로저었다.

"그리고…, 니가 좋아한다는 남자, 어떤 사람이야?"

"좋은 사람이야. 근데 사귀는 건 아냐."

그는 나의 눈 속 깊숙이 기억에 새겨 넣으려는 듯 날 응시하고 있었다.

이훈 단편소설집

* * *

　그리고 6월 말, 나는 서울로 향했다. 도착했을 때 인천공항에는 비가 내리고 있었다. 나의 원대한 한국에서의 첫날은 비로 시작되었다. 기내에서 옆에 앉은 사람에게 듣고 처음 알았다. 한국에도 장마가 있다는 것을. 처음 1년은 정말 빠르게 지나갔다. 하루가 24시간이라는 것이 믿겨지지 않을 정도였다.

　직장생활을 하면서 한국어를 조금 배우긴 했지만, 나는 가나다라부터 시작했다. 월요일부터 금요일까지 매일 아침 9시부터 1시까지 학교에서 수업을 받고 오후에는 일본어를 가르쳤다. 일본어 과외가 없는 날은 학교 친구들과 점심을 먹고 카페에서 차를 마시면서 그냥 이런 저런 이야기를 나누었다. 학교에서 돌고 있는 소문, 어느 반 누구 누구가 이러쿵 저러쿵, 정말 별 쓸데없는 얘기이긴 했지만, 시간을 때우려 비생산적인 목적을 위해서는 매우 적절한 화제였다. 한국어도 조금씩 늘어 갔고 대충 일상회화가 가능해지자, 다른 나라에서 온 친구들과도 오후시간을 같이 지내게 되었는데, 가장 분위기가 고조되는 국제적인 화제거리는 한국의 싫은 점에 관한 이야기였다. 등산을 좋아하는 한 캐나다 친구는 미간에 주름을 지으며 이렇게 말했다.

　"산에 오를 때 한국사람들은 오이를 갖고 가는데, 거기까지는 괜찮아. 근데 소주는 안돼. 소주는 절대 안된다구! 산 꼭대기에서 술취한 꼴이라니."

七夕

그는 등산할 때 언제나 바나나와 짭짤한 감자칩만 갖고 간다.

"한국음식은 다 빨갛잖아. 비빔밥 처음 봤을 때, 난 돼지먹이인 줄 알았어."

라고 혹평을 하는 중국 친구. 그녀는 배추도 돼지먹이 같다고 했다.

"일본 사람도 배추 먹는데?"

하니 그녀는 진지한 표정으로 내게 충고했다.

"안돼. 먹지마. 돼지먹이야."

그녀는 김치와 마늘을 못 먹는다. 상하이에서 알게 되어 결혼했다는 한국인 남편을 만났다.

"집에서 마늘과 김치를 못 먹으니 좀 힘들죠."

라고 그가 말하자 그녀는 질세라 눈을 반짝거리며 응수했다.

"그래? 그래도 내가 상하이로 가버리면 더 힘들걸?"

각자 자기 나라와 비교하면서 '한국'을 도마 위에 올려 놓고 재미있게 이야기하는 사이에 한국말을 공부하는 외국인들간의 유대감도 한결 탄탄해지고 깊어진다. 한국에 온 이유도 각기 달랐다. 대개는 나처럼 '한국문화'를 알기 위해서인데, 서양인의 대부분은 환상적인 동양에 대한 환상과 동경심때문이었다. 일본사람의 경우는 한국 연예인, 스포츠 선수를 좋아한 나머지, 한국에 발을 디딘 사람이 많았다. 그리고 세계 각지의 재일교포, 중국 조선족, 재미교포, 고려인 등, '교포'라 불리는 한국인의 피를 이어받은 자손들이 자신의 정체성을 찾기 위해 한국에 왔다.

시간이 지나갈수록 인천공항에서 내렸을 때 트렁크와 함께 실어 왔던 동경, 희망, 열정 같은 것들이 빛 바래고 희미해진다. '한국 비판'은 일종의 조미료와도 같은 것. 식상한 맛에 변화를 주기 위한 조미료인 것이다.

품었던 동경이나 희망이 클수록 실망도 큰 법. 학기 도중에서 '더 이상 빨갛고 매운 음식은 지긋지긋하다.'며 귀국해 버릴 수도 있다. 하지만 그런 점에서 나는 괜찮았다. 처음부터 한국에 기대, 희망 같은 건 하나도 없었으니까. 나는 그냥 자신을 추스르기 위해 왔을 뿐이다. 만약 회사가 중국과 거래했다면 나는 요양지로 중국을 선택했을 것이다. 유럽, 미국과 일을 했다면…, 생활비가 비싸니까 조금 고민했을지도 모르지.

수업이 없는 주말에는 나는 친구와 사우나에 간다. 하루 종일 거기서 지내도 지루한 줄 모른다. 탕 속에도 들어가고 사우나에서 땀도 흘리고 이태리 타올로 때도 민다. 나는 한국 친구에게 왜 이태리 타올이라고 하는지 물어보았다. 친구는 그 이태리 타올로 내 등을 밀면서,

"이태리라는 말을 붙이면 고급스러워 보이니까, 예전에 유행했어. 오리코, 때가 많이 나오네?"

나는 어깨에 묻어 있는 때를 보고 중얼거렸다.

"고급스러운 때밀이 수건이라…."

여름에는 일본에서 놀러 온 여동생과 같이 제주도에 가서 바다와

산을 즐겼다. 가을엔 반 친구와 안동에 갔다. 지은 지 200년이나 되었다는 '고요한 집'이라는 북적대는 민박에서 묶고 단풍이 든 자연 속에서 그 유명한 안동 탈춤을 봤다. 겨울은 거의 서울에서 지내면서 영하 15도의 추위를 제대로 맛 보았고, 노란 개나리, 연분홍색 진달래가 피는 봄에는 소백산, 북한산, 설악산 등 매주 산에 올랐다.

일본을 탈출한 후 1년이 눈 깜박할 사이에 지나갔다. 월드컵 경기 때 온 서울 거리가 미친 듯이 달아 오른 풍경, 붉은 T셔츠를 입는 수 십만 인파가 가득 메운 시청 앞 광장의 모습을 보고 현기증이 나는 것을 간신히 참았다. 드디어 월드컵도 무사히 끝나고 광기의 도시 서울도, 사람들도 평온함을 되찾으려던 7월 7일. 정확하게 말하면 하루를 넘긴 8일 깜깜한 새벽이었다. 사오토메씨가 '날개옷을 달라'며 나를 찾아왔다.

보통 밤 11시가 되면 이불 속으로 들어가 잠을 청하는 나였지만 그날 따라 왠지 잠도 안 오고 해서 멍하니 음악만 듣고 있었다. 새벽 2시가 지났을 즈음, 일순간 음악이 멈추고 엄청난 고요함이 밀려 들었다. 나는 그 고요함이 두려워 방 여기 저기를 둘러 봤다. 나는 어렸을 때부터 깜깜한 방에서는 못 잘 정도로 겁이 많았다.

그 고요함에 대한 두려움도 어느 정도 가라앉아 마음이 놓이자, 나는 잠이 안 오는데도 커피를 한 잔 더 마시려고 일어섰다. 그 때 딩동하고 초인종이 울렸다. 나는 다시 가슴이 쿵쾅쿵쾅 떨렸다. 당

이훈 단편소설집

연했다. 새벽 2시가 넘은 시간에 누군가가 찾아 온 것이다. 게다가 나의 아파트는 밖에서 계단을 오르내리는 걸음 소리가 방 안까지 쿵쿵 울리는데, 초인종이 울리기 전까지 발걸음 소리 하나 들리지 않았던 것이다.

어떻게 해야 할지 싶어 머뭇거리고 있을 때 또다시 벨이 울렸다. 나는 용기를 내어 살금살금 문에 다가가 구멍으로 밖을 내다 봤다. 거기에는 머리를 길게 늘어뜨린 여자가 고개를 숙인 채 서있었다. 나는 한국말로 누구냐고 물었다. 그랬더니 문 밖에 있던 그 여자는 구멍에 얼굴을 갖다 대고는,

"나는 일본사람이라서 한국말 몰라요."

라고 했다. 그래서 이번에는 일본말로 물었다.

"누구세요?"

"오리코씨죠? 급한 부탁이 있어서 왔어요."

라는 다급한 목소리가 들려왔다.

내가 살짝 문을 열었더니 그녀는 미끄러지듯 현관으로 들어왔다. 구불거리는 긴 갈색 웨이브 머리, 창백한 피부, 검은 자가 유난히 커다란 눈. 레이스가 달린 블라우스에 큰 해바라기가 그려진 치마를 입은 그녀.

"오리코씨인가요?"

그녀가 나를 뚫어지게 바라봤다. 나는 온 몸이 얼음처럼 차가워졌고, 꼼짝도 할 수 없었다. 숨 쉬기조차 힘들어 식은 땀이 흘렀다.

"누…, 누구세요?"

나는 간신히 입을 열었다. 입을 열어 소리를 내자 호흡이 수월해지고 몸도 편안해졌다. 그녀는 여전히 굳은 표정으로,

"우시야마(牛山)씨를 알죠?"

'우시야마…' 오랜만에 들어 보는 이름이었다. 별천지에서 눈코 뜰 새 없이 바쁘게 지내는 일상 속에서, 큰 얼음 덩어리가 따뜻한 햇빛을 받아 녹아 없어지듯, 그의 존재도 조금씩 작아지고 있었는데….

"네. 예전 남자친구인데요."

그녀는 두 손을 앞으로 깍지 끼고 나의 눈을 똑바로 보고 있었다.

"저는 실은 오늘 우시야마씨와 같이 교통사고로 죽은 사람인데요."

생각지도 못한 그 말에 내 혼이 빠져 버릴 것 같았다. 그녀는 담담한 태도로 말을 계속했다.

"저는 사오토메(早乙女)라고 합니다. 작년 봄에 회사 방콕 지사에서 만나 어제까지 사귀었는데…."

이 여자가 방콕에서 만난 그 여자라고?

"그런데… 저… 우시야마씨가 죽었다고요?"

그녀는 고개를 끄덕였다. 나는 너무나도 믿겨지지가 않아 머리 속이 혼란스럽다 못해 온 몸의 신경세포가 모두 마비된 듯, 오히려 침착해졌다.

"안으로 들어 오세요."

커피 두 잔을 테이블에 놓고 그녀와 마주 앉았다.

"저… 다시 한 번 물어 볼게요. 우시야마씨가 죽었다고요?"

그녀는 커피를 한 모금 마시고 여전히 굳은 표정으로,

"네, 그래요. 오늘 저랑 같이 죽었어요."

나는 컵을 들어 올리며 도대체 무슨 말을 하는 건지 몰라 고개를 갸웃거렸다. 생각에 빠진 나머지 나도 모르는 새 들고 있던 컵이 기울어져 뜨거운 커피가 무릎 위에 쏟아 졌다. 서둘러 행주로 무릎을 닦는데도 그녀는 무표정이었다.

"저기, 자꾸 물어서 죄송한데요. 그 쪽도 우시야마씨와 같이 죽었다면서요?"

"네. 오늘 8시쯤이죠. 교차로에서 큰 트럭에 부딪혀서."

"그럼…, 당신은…?"

"네, 유령이죠."

라며 커피를 또 한 모금 마셨다. 지금 내 눈 앞에 앉아 있는 이 예쁜 여자가 유령이라고? 나는 황급히 그녀의 다리를 확인했다. 매끈한 다리를 방석 위에서 옆으로 가지런히 놓고 앉아 있었다. 어쨌든 다리는 있었다.

"못 믿으시겠으면 확인해 보세요."

테이블 위에는 어느새 전화번호가 적힌 메모지가 놓여 있었다.

"이건 사토씨의 전화번호예요. 그의 대학동창 사토씨요. 오리코씨도 아시죠?"

나는 아무 말 없이 그 메모를 집어 들고 적힌 번호로 전화했다. 그랬더니 사토씨가 나왔다. 그는 갑작스러운 내 전화에 당황한 기색이었지만 우시야마씨가 교통사고로 오늘 죽었다고 알려 주었다. 그리고 말하기 어려운 듯 속삭이는 목소리로 같이 타고 있던 '여자친구'도 죽었다고 말해 줬다.

전화를 끊고 잠시 정신이 홀린 듯이 멍하니 앉아 있었다. 우시야마씨가 죽었다는데도 전혀 슬프지가 않았다. 그토록 사랑했던 사람인데, 그리고 지금도 마음 속 어딘가에 아직 사랑하는 마음이 있는데…. 원인은 분명했다. 내 눈 앞에 앉아, 무표정한 얼굴로 커피를 마시는 사오토메라는 여자의 존재가 전혀 실감나지 않아서였다.

그녀는 컵을 테이블에 내려 놓고 내 눈을 똑바로 보면서 말했다.

"오리코씨에게 부탁이 있어요."

나는 여전히 실감하지 못한 채 물었다.

"뭔데요?"

그녀는 조용히 테이블 밑에서 그림 하나를 꺼냈다. 그것은 아주 오래 된 그림 같았는데, 소나무 밑에서 아스카 시대(飛鳥時代)나 나라 시대(奈良時代)의 귀족의상을 입는 여자가 하늘을 우러러보는 그림이었다.

"예전에 미술관에서 본, 누카타노 오오키미(額田王:아스카 시대의 대표적인 미녀) 그림이랑 똑같네?"

그녀는 어깨에 걸린 긴 웨이브 머리를 뒤로 가볍게 넘기며 말했다.

이훈 단편소설집

"네, 오리코씨께 부탁하고 싶은 일은… 이 그림 속 여자에게 날개옷을 그려 주세요."

"날개옷?"

그러고 보니. 그림 속 여자는 선녀였다.

"이 그림에 날개옷을 그려 주시면 저는 하늘나라로 갈 수 있어요."

그림에서 시선을 떼어 그녀 쪽을 바라보니, 어딘가에서 또 벼루와 붓이 나와 테이블 위에 놓여 있었다. 그녀는 강한 어조로,

"그려 주세요. 안 그러면 저는 계속 이승을 떠돌아 다녀야 해요."

나는 그녀의 무표정한 얼굴을 보면서 잠시 생각했다.

"…혹시 내가 안 그리면 저승세계로 못 간다는 말인가요?"

"네…," "그리고…"

그녀는 말을 이었다.

"당신에게 계속 들러붙어 있을 거예요."

들러붙는다고…? 그건 안될 말이다.

나는 묵묵히 붓을 들었다. 그 선녀의 탐스러운 팔에 어떤 날개옷을 그려야 할지 도무지 생각이 나지 않아서, 붓을 들고 그리려다 말고, 묵이 마른 붓을 다시 벼루에 찍어 검게 빛나는 묵을 적시고…. 그러기를 몇 번이나 되풀이 했다. 날개옷을 그리기만 하면 사오토메라는 여자는 내 앞에서 사라질 것이다. 나는 다시 현실세계로 되돌아 올 수 있는 것이다.

겨우 마음을 가다듬고 집중해서 날개옷을 그렸다. 콧대 높은 서

양의 귀부인 초상화의, 화려하게 퍼지는 드레스, 가슴 밑에서 모은 두 손, 두 팔에 걸쳐진 숄을 상상하면서 그렸다.

"자, 됐어요."

나는 붓을 놓았다. 그녀는 그림을 들고 입김을 불었다. 그리고 아쉬운 탄식 소리를 내며 슬픈 눈을 하고 있었다. 그녀의 감정 어린 표정을 처음으로 봤다.

"…사라졌어요."

테이블에 내려 둔 그림에서 내가 그린 날개옷이 사라지고 없었다. 그녀는 커피를 다 마시고는 나를 응시하며,

"날개옷을 그려 줄 때까지 당신을 쫓아다닐 거예요."

나는 당혹스러웠다.

"나, 날개옷 같은 거 없어요. 게다가 왜 나한테 들러붙겠다는 거죠? 나하고는 관계없는 일이잖아요?"

"하지만, 당신이 아니면 안돼요. 당신한테 날개옷을 받아야 제가 하늘나라에 갈 수 있으니까."

그녀는 일어서서,

"오늘은 이쯤에서 그만두죠. 오리코씨 잠 자야죠? 내일 빨리 나가야 하잖아요?"

잠깐 화장실에 갔다 오겠다며 그녀는 욕실에 들어갔다. 그런데 10분이 지나도 20분이 지나도 나오지 않았다. 걱정이 되어 문을 똑똑 두드려 봤지만 아무 대답이 없었다. 손잡이를 돌려 살짝 열었더

니 사오토메씨 모습은 거기에 없었다. 눈 앞에서 일어난 일을 정리 못 한 채 테이블 앞에 다시 앉았다. 그녀가 다 마셔 버린 커피를 들여다 보니 컵에는 갈색 액체가 그대로 있었다. 그때 나는 비로소 그녀가 정말 유령일지 모르겠다고 생각했다.

그날 이후 그녀는 자주 나를 찾아왔다. 어학교 쉬는 시간에 화장실에서 볼일을 보고 손을 씻다가 거울을 보면 그녀가 옆에 서서 여전히 무표정한 얼굴로 안녕하세요, 하며 말을 걸어 오거나. 밤에 아파트 방에 와서 같이 차도 마시고 DVD를 빌려 같이 본 적도 있었다. 캐나다 친구와 같이 등산했을 때도 그녀는 하얀 모자를 쓰고 따라 왔다. 반 친구들과의 술자리에서도 그녀는 어느 새 내 옆에 앉아 술자리의 비누거품 같은 시간과 공간을 함께했다. 한번은 내가 좋아 따라다니는 거냐고 장난하듯 물었더니 들러붙어 있는 거라며 좀 소름 끼치게 대답했다.

나타났다가 사라지기 전에는 언제나 그 선녀 그림에 날개옷을 그려 달라 했고, 나는 그 때마다 열심히 그렸지만, 그녀가 후 하고 입김을 불면 날개옷은 파도에 밀려 흔적도 없이 사라지는 모래성처럼 자취를 감추었고, 그녀는 슬픈 한숨을 내쉬었다. 그리고는 내일 보자며 어디론가 사라져 버렸다. 날개옷이 사라질 때의 실망하는 표정은, 그녀가 내게 보여준 유일한 감정 표현이었고, 헤어짐의 의식(儀式)과도 같은 것이었다.

수업이 끝나고 몇 명 친구들과 오후의 느긋한 시간을 때우기 위해 카페에서 기억에도 남지 않을 만한 이야기를 나누고 있었는데, 문득 옆 테이블을 보니 그녀와 처음 보는 할머니가 함께 커피를 마시고 있었다.

"이 분은…?"

하고 살짝 물어 보았다. 그런데 우리가 나누는 대화는 다른 사람에게는 안 들리는 모양이었다. 내가 혼자 허공에 대고 이야기하는 것도 아닌 것 같았다. 그녀와 나의 행동, 그리고 대화는 다른 사람한테는 보이지도 들리지도 않았다. 내가 그녀와 얘기할 때 다른 사람의 눈에 내가 어떻게 보이는지, 그건 나도 잘 모르겠다. 아무튼 나는 전혀 이상하지 않다는 것이다.

"이 분은 말이죠, 지금 오리코씨 앞에 앉아 있는 중국 친구의 할머니세요."

할머니는 빙그레 웃으며,

"곤니치와(안녕하세요)."

라고 일본어로 인사했다. 할머니의 자연스런 일본어 발음에 놀라면서 나도 인사를 했다.

"일본어를 할 줄 아세요?"

라고 물었더니, 할머니는 크게 웃으며,

"아니요, 전혀 못해요."

라고 대답했다. 의아해 하는 내 표정을 보고 그녀가 설명을 해주었다.

"우리는 일본어나 중국어 같은 언어로 말하는 게 아니예요. 우리

이훈 단편소설집

는 서로 코드가 맞는 '언어'로 얘기하죠. 어느 특정한 나라의 말로 하는 게 아니라….″

"아, 알았다! 그쪽 유령세계에 에스페란토어 같은 공통어가 있다는 거죠?″

그녀는 긴 머리를 손으로 쓸어 내리며,

"정말 아는 거 맞아요? 좀 잘못 이해하고 있는 것 같은데…″

"잘못 이해하고 있을지 모르지만, 지금 난 사오토메씨한테 홀려 있는 거니까, 어떤 황당한 일도 이상할 게 없다 싶은 거죠. 너무 생각 많이 하는 거 싫거든요.″

나는 그렇게 가볍게 대답하고는, 한국 특유의 물 같이 싱거운 아이스커피를 마셨다. 이상하게도, 나는 어느새 그녀에게 홀린 상태에 익숙해져, 갑자기 그녀가 나타나는 일도, 매일 선녀그림에 날개옷 그리는 일도 완전히 일상이 되어 버렸다. '홀리다, 유령이 들러붙었다.'는 말이, 내게는 먹고, 자고, 피곤하다 등과 같이 일상적인 단어가 되어 버린 것이다.

그 할머니처럼 내게 그녀의 '주변 사람들' 모두가 보이는 것은 아니었다. 그녀의 말로는, 서로 코드가 맞으면 보이고 말도 나눌 수 있다고 했다. 할머니는 그 중국 친구에게 들러붙어 있다. 상하이에서 만난 한국 남자와 결혼해서 서울에서 살고 있는 귀여운 손녀에게…. 할머니는 2주 전에 죽었다고 했다. 그리고 보니, 2주 전에 학교에서 눈이 빨갛게 부어 있길래, 어찌 된 일이냐고 물어 본 일이 있다. 중국 친구는 할머니가 돌아가셨다며, 아이처럼 엉엉 울었다. 1교시 수업을 빼먹고 학교 현관 로비에 있는 낡은 소파에 앉아, 울기만 하는 그녀를 위로했던 일이 생각났다.

할머니는 그녀에게 '행복해야 한다. 한국에서 살아가야 하니 좋고 싫은 거 가리지 말고 뭐든지 맛있게 잘 먹어야지'라는 말을 전하고 싶다고 했다. 그녀는 선녀에게 날개옷을 그려 달라며 나한테 들러붙었고, 할머니는 손녀에게 '행복하라'는 한마디를 남기고 싶어서 들러붙고…. 들러붙는 이유도 제각기 다르구나 싶었다. 나는 할머니에게 물었다.

"손녀 분과 아직 이야기 못하셨죠?"

눈을 크게 뜨고 자기 입맛에 맞지 않는 한국음식에 대해서 기관총처럼 쏘아대는 그녀를 바라보며 할머니는 쓴 웃음을 지으며,

"얘기했다면 진작 저 하늘 나라로 갔겠지…."

"어서 손녀 분과 이야기하고 싶으세요?"

할머니는 부드러운 미소를 지으면서

"어서 이야기하고 싶지. 그래서 날마다 말을 걸고 있는데…, 그런데 말을 하게 되면 그날이 내가 저 세상으로 가는 날이고, 그러면 이 아이 옆에 더 이상 있을 수 없으니까…. 빨리 이야기하고는 싶지만 이야기하면 그걸로 끝이라서, 복잡하네요…."

할머니는 그렇게 말하면서 표정을 바꿔 계속 이야기하고 있는 손녀 모습을 사랑스럽고도 안타까운 눈으로 바라본 후, 일어서서는 그냥

어디론가 사라져버렸다.

* * *

"그런데요."

그날 저녁 방에서 차를 마시며 나는 그녀에게 말했다.

"난 유령들은 표정이 없는 줄 알았는데."

그녀는 컵을 입으로 가져가다 말고 고개를 갸웃거렸다.

"당신은 거의 안 웃잖아요."

"……."

"그런데 오늘 낮에 만난 그 할머니는 정말 잘 웃으시던데요? 그래서 유령도 표정이 있구나 했죠. 사람마다 다르다고요. 당신은 살아 있었을 때도 별로 표정 없는 사람이었죠?"

그녀는 여전히 굳은 표정으로

"아뇨, 잘 웃고 잘 우는 성격이었죠. 오리코씨 정도는 아니었지만."

그녀는 테이블 밑으로 시선을 떨구고,

"…하…니까."

"네?"

한국에서는 작은 목소리를 '모기 같은 소리'라고 표현한다. 그 날 학교에서 배운 표현이었는데, 무슨 말을 한 것인지 물어봐도, 그녀는 대답하지 않았다. 그 대신 늘 그랬듯이 선녀 그림을 내밀고 날개옷을 주문했다. 나도 늘 그랬듯이 붓을 들고 정성 들여 날개옷을 그렸다. 그녀는 표정은 딱딱해도 좋은 사람이다. 서로 관계가 복잡하고, 만남 자체도 이상한 터라 아직 친구라고 자신할 수는 없지만, 좋은 사람이니까 어서 빨리 하늘나라로 가게 해 주고 싶었다. 그래서 날개옷을 그릴 때는 대충 넘어가는 일 없이 늘 정성을 다해 그렸다. 그런데도 그날 역시 그린 날개옷은 그녀의 입김에 연기처럼 사라졌고, 그녀는 작게 한숨을 쉬고는 언제나처럼 사라졌다.

* * *

사오토메씨가 내게 들러 붙은 것은 비 내리는 칠석날 밤이었다. 여름이 지나 가을이 가고, 날을 거듭할수록 함께 지내는 시간도 길어졌다. '선녀의 의식'이 끝나도 사라지지 않고 방에서 그냥 자는 일도 많아졌다. 같이 외식도 했다. 한국 유령친구도 몇 명 생겼는지, 친구들한테 들은 맛있는 가게를 찾아 함께 비빔밥, 된장찌개, 감자탕 같은 것을 먹으러 다녔다. 한국 유학의 표면적인 이유였던 '음식문화 공부'는 그녀 덕분에 순조로왔던 셈이다.

그녀는 기본적으로 조용한 성격이었지만, 처음 만났을 때보다는 말수도 늘었다. 하지만 그녀의 표정은 여전했다. 만난 지 6개월이 지나도록 나는 그녀가 웃는 모습을 단 한 번도 본 적이 없다. 웃긴 이야기를 해도 눈을 가늘게 뜨는 일조차 없었다. 하지만 내가

"재미없어요?"

하고 물으면,

이훈 단편소설집

"아니요, 재미있어요."

라고 대답할 뿐이었다.

그녀가 온 이후로 '혼자 지내니까 조심하자'는 긴장감이 느슨해졌는지, 가끔 교통사고가 날 뻔한 적도 있었다. 인도를 달리는 오토바이에 부딪칠 뻔 하거나, 횡단보도를 건널 때 신호를 무시하고 달리는 버스나 차에 치일 뻔했을 때, 사고를 모면하고 한 숨 돌리고 있으면 그녀가 다가와,

"서울 도로는 일본과 다르잖아요. 나보다 여기에 더 오래 살았으면서…, 조심해야죠."

라고 했다. 서울에서는 교통상식이 일본과 다르다. 모두 자동차가 우선이다. 하지만 나는 누가 뭐래도 역시 사람이 우선이라고 생각한다. 그 생각을 굽히지 않고 서울 길목에서 교통의식혁명을 꾀하려는 내 의도 때문에 가끔 자동차에 치일 뻔하는 것이다.

* * *

한국 봄꽃, 진달래와 개나리가 필 무렵, 봄학기가 시작되고 얼마 후, 전날 결석했던 중국친구가 나를 찾아와 수업 후에 둘이 조용히 이야기 좀 하자고 했다. 아침부터 늘 활기 있는 그녀가, 그 날 따라 기운이 없어 보이는 것을 의아해 하며, 그러자고 대답했다. 학교가 끝나고, 우리는 근처 식당에서 냉면을 먹고, 아는 사람들이 안 올 것 같은 카페에 들어갔다.

"좀 이상한 일이 있었어."

그 카페는 계단을 내려가 지하에 있는 'HOLE'라는 카페였는데, 이름처럼 구멍 창고처럼 내부도 어두컴컴해서, 찻잔만 보고는 커피인지 홍차인지 구분이 안 갈 정도였다. 하기야 한국에서 마시는 홍차나 커피는 일본보다 옅어서 밝은 곳이라도 잘 구분되지 않을 때도 있긴 했다.

"믿겨지지 않겠지만, 실은 그저께, 작년에 돌아가신 할머니를 만났어."

드디어 만났구나, 아니 만나고야 말았구나 싶었다. 어쩐지 요즘 통 할머니 모습이 안 보인다 싶었다.

"할머니한테 혼났어. 아무거나 맛있게 먹어라, 음식 가리지 말라고. 김치도 마늘도…. 내가 냄새가 싫어서 못 먹겠다며 울었더니, 할머니가 그럼 배추라도 먹으라고. 참기름에 볶아서 소금, 후추로 간하면 맛있대…."

결혼까지 한 그녀가 오밤중에 김치도 마늘도 못 먹겠다고 우는 모습이 떠올라 웃음이 터질 뻔 했지만, 나는 진지하게,

"그래. 배추는 양배추보다 맛있어. 맛도 달고, 난 좋아하는데?"

"할머니가 몇 번이나 내 뺨을 쓰다듬으면서 살이 너무 빠졌다, 말랐어, 하시더라구. 많이 먹고 예쁜 아기 낳고, 행복하게 살라고."

"예쁜 아기라니?"

아이 같은 천진함이 많은 그녀는 수줍은 듯 배를 어루만지면서

"혹시나 싶어서 어제 병원에 가 봤는데…, 임신이래, 내가!"

"정말? 잘 됐다!"

쑥스럽게 미소 짓는 그녀와 눈이 맞아 우리는 또 크게 웃었다.

"할머니와 이야기한 것…, 꿈일까? 꿈이 아니라면…."

배를 만지던 그녀의 손이 멈추었다.

"꿈이 아니라면?"

그녀는 고개를 가로저으며, 아무것도 아니라며 커피를 한 모금 마셨다. 나는 그 뒤에 잇고 싶은 말이 무엇인지 억지로 물어보지는 않았다. 그녀가 혼자서 마음 속에 간직하고 싶다면, 그건 그녀가 선택할 문제이다. 그걸로 충분하다.

"근데, 임신했으니까 커피 많이 마시면 안 돼. 자극이 강하잖아."

"알았어."

라며, 커피를 즐겨 마시는 그녀는 장난스럽게 웃으며 또 한 모금 마셨다.

* * *

이제 몇 달 후면 서울에 온 지 2년이 된다. 여기에 와서 연애와 담 쌓고 지냈던 것은 아니다. 처음 1년은 환경에 적응하기에 바빠 그럴 여유가 없었지만, 사오토메씨가 날개옷을 그려 달라고 나타났을 무렵, 아직도 실감나지 않는 전 남자친구의 죽음소식을 들었던 무렵부터, 연애감정이 두 세 번 찾아 오긴 했다. 하지만, 그 모두는… 그래, 그녀가 다 망쳐 놓은 셈이다. 본격적으로 시작하기도 전에, 다른 여자와 양다리 걸치고 있다거나, 유부남이거나, 아무튼 문제가 발각돼서 연애도 끝이 나버렸다. 그녀가 망쳐 놓았다고 하는 이유는, 그녀가 다 그 사실들을 알려 주었기 때문이다.

상대가 유부남이라는 것을 알게 되어 만남에 종지부를 찍었을 때의 일이다. 마침 그 남자를 만나러 나가려는 내게 그녀는 부인이 있는 남자라고 알려 주었다. 아직 신혼이라는 사실도 말해 주었다. 하지만, 나는 못 들은 척 하고 약속장소로 나갔다. 서울에서 가장 분위기 좋다는 압구정동. 고급스러운 이탈리안 레스토랑에서 만났다.

나는 한국남자에게 대해 강한 선입견을 갖고 있다. 언제나 '나, 나' 하며 자기 주장만 내세우고, 긴 생머리 여자를 좋아하는 보수적인 이미지. 그러면서도 어머니가 해주는 김치와 된장찌개가 최고라고 말하는 마마보이의 이미지. 하지만 그 남자는 미국생활을 오래 해서 그런지, 내가 갖고 있던 한국남자의 이미지와는 거리가 먼, 아주 센스 있고 멋진 남자였다.

샴페인을 마시고, 전채요리에 스프, 파스타, 그리고 멋진 음악. 눈 앞에는 위트 넘치고 센스 있는 남자가 있고, 그와의 즐거운 대화가 이어졌다. 그녀의 '그 사람 아직 신혼이야'라는 말이 마음 속 한 켠에서 맴돌았다. 그러나 나는 신경쓰지 않기로 했다. 그리고 '어쩌면 다시 누군가를 좋아하게 될 것 같다.'라고 느끼던 순간, 어디선가 샴페인이 터져 나는 마치 그랑프리를 거머쥔 카레이서처럼

이훈 단편소설집

머리부터 온통 샴페인을 뒤집어쓴 꼴이 되었다. 그는 자리에서 다급히 일어나 내 쪽으로 다가왔다…고 생각했는데, 샴페인에 젖은 나를 지나쳐 빈 샴페인 병을 들고 있는 어느 여자 앞에 섰다.

"당신, 왜 여기 있어? 오늘 신라호텔에서 동창모임 있다고 그랬잖아."

초록빛 도는 눈썹 문신에, 누가 봐도 성형수술한 걸 알 수 있는 부자연스러운 쌍꺼풀에 새빨간 입술을 한 무례한 그 여자는, 섬뜩할 정도로 험악한 표정으로 나를 가리키며,

"누구야? 이 여자!"

"그냥….."

조금 전까지의 세련되고 위트 넘치는 대화, 멋진 전채요리, 그리고 와인 향기까지 거품처럼 사라져, 혀끝에는 방금 먹은 봉고레 스파게티에 들어간 모시조개의 덜 빠진 모래만이 까실하게 남아있었다.

나는 자리를 일어나 무례한 그녀의 눈을 노려보며 말했다.

"저는 그냥 알고 지내는 사람인데요. 댁 남편이 다니시는 회사에서 가끔 일본어를 가르치는 사람이에요. 오늘은 남편분께서 감사의 뜻으로 특별히 식사를 대접하시겠다고 해서, 그냥 같이 식사만 하는 것 뿐이구요."

그리고 너무나도 한심한 겁쟁이가 되어버린 그에게,

"맛있게 잘 먹었습니다. 근데, 이 옷, 아주 비싸게 주고 산 거라서요. 나중에 세탁비를 청구하죠. 그럼 먼저 가보겠습니다."

나는 조용히 그곳을 나왔다. 문을 열고 나가려는데, 뒤에서 무례한 그녀의 히스테릭한 비명 소리 같은 것이 들리고, 그리고는 이내 쨍그랑 하고 무언가 깨지는 소리가 들렸다. 나는 그대로 레스토랑을 나와 택시를 잡아 집으로 돌아왔다.

모르고 사귄다면, 그리고 모른 척 하고 사귄다면 모를까, 만천하에 드러난 이상 만남을 계속할 수는 없는 일이다. 유부남이라도 상관없을 정도로 열정에 불타오른 것도 아니고, 아직 가슴 설렘도 느끼기 전이었다. 집으로 돌아오니 그녀가 말끔히 다린 실내복과 목욕타올을 준비해 두고 있었다. 그녀는 나를 보고,

"샤워하고 오세요. 그 사이에 차를 끓여 놓을게요."

라고 했다. 나는 그녀가 깨끗하게 다려 놓은 실내복과 타올을 받아 들고 욕실에 들어가 샤워를 했다. 머리를 두 번 감았다. 비누칠도 보통 때보다 거품을 잔뜩 내어 살갗이 벌겋게 될 정도로 싹싹 비볐다. 그리고 따뜻한 물로 헹구었다. 끈적끈적한 샴페인과 함께 그 때의 찜찜한 분위기와 불쾌한 기분까지 씻겨 내려갔다. 터번처럼 수건을 머리에 말고, 깨끗한 실내복으로 갈아입고 나니, 어느새 마음도 후련해졌다.

"아, 개운해."

젖은 발 때문에 걸을 때마다 마루바닥에서 질퍽하는 소리가 났다.

"자, 시원한 보리차 한 잔 들어요."

나는 잔을 받아, 차가운 보리차를 꿀꺽 한 모금 마셨다.

"아, 시원해. 근데 사오토메씨, 아까 말이죠….."

나는 그 레스토랑에서 일어난 사건에 대해 그녀에게 말했다. 이야기를 끝까지 듣고 난 그녀는 너무나도 당연하다는 듯이,

"다 알고 있었어요."

라고 대답했다. 그리고는 말을 이었다.

"당연하죠. 그 부인이란 여자와 친구들을 내가 가게 했으니까. 부인한테 붙은 유령한테 부탁해서요."

난 또 당했구나 싶었다. 이것으로 세번째였다. 나도 참 나다. 벌써 세번째인데, 그녀 짓이라고는 전혀 생각하지 못했으니. 방심한 내가 잘못이다.

"왜, 늘 내가 남자 만나면 방해만 하죠?"

"그건 말이죠."

그녀는 여전히 표정 없는 얼굴로 긴 웨이브 머리를 뒤로 쓸어 내리며,

"나는 오리코씨한테 들러붙은 유령이니까요."

들러붙었다… 그래, 그랬었지. 나는 그제서야 납득하고 남아 있는 차를 마셨다.

* * *

7월 7일 밤. 사오토메씨가 내게로 온 지 1년 되는 날. 나는 그녀를 위해 조촐한 자리를 마련했다. 9시가 지났을 무렵, 그녀는 나타났다. 그녀는 테이블 위에 올려진 요리와 내가 꼬옥 껴안고 있는

레드와인 병을 보고 놀란 표정을 지었다(물론 여전히 무표정이었지만, 나는 알 수 있었다).

"이게 뭐예요?"

그녀는 물었다.

"오늘이 우리가 만난 지 1주년 되는 날이잖아요. 작년 칠석날에 처음 날 찾아왔죠? 자, 우리 건배해야죠?"

한 잔 마시라며 그녀의 잔에 와인을 따르고, 내 것도 채운 후, 잔을 높이 들고, 건배를 크게 외쳤다. 그녀는 아무말 없이 잔을 가볍게 올리고는 와인을 마셨다.

별로 말이 없는 그녀를 대신해서 나는 두 사람 몫을 떠들어댔다.

"칠석 말인데요…."

나는 칠석의 유래에 대해 서점 일본서적 코너에서 읽은 내용, 인터넷으로 검색한 내용을 들려주었다.

"칠석에 관한 이야기도 여러 가지가 있더라구요. 당신이 알고 있는 얘기는 뭐가 있어요?"

그녀는 맥 빠지는 대답을 했다.

"그냥 직녀(織女)와 견우(牽牛) 이야기죠."

맥 빠지는 이야기라도 상관없다. 이제 내가 거기에 여러 양념을 더할 테니까.

"그렇죠? 나도 그것 밖에는 몰랐거든요. 베틀질을 잘 하는 직녀와 소를 모는 견우가 결혼한 후로는 일도 안하고 놀기만 해서, 하느님의 노여움을 샀고, 결국 하느님이 둘을 은하수 사이에 두고 갈라 떼어 놓았죠, 근데 슬퍼하는 모습을 가엽게 여겨 일년에 한 번, 칠석날에만 만남을 허락해 줬다는 이야기잖아요."

그녀는 조용히 와인을 마시고 있었다. 그렇다고 내 이야기를 건성으로 듣는 건 아니었다. 그냥 조용히 듣고 있었다. 비어 있는 내 잔에 와인을 따르고 나는 이야기를 계속했다.

"얼마 전에 혼자 차를 마시고 있는데 이런 생각이 드는 거예요. 당신이랑 만난 기념으로 칠석에 대해 좀더 알아보자고. 그래서 생각난 김에 곧장 광화문에 있는 큰 서점으로 달려갔죠. 거기 일본 책도 많이 팔잖아요. 거기서 찾아 보다가 깜짝 놀랄 만한 걸 발견했어요. 중국, 한국, 그리고 일본에는 견우, 직녀 이야기 말고 더 많이 있지 뭐예요?"

이야기하고 있는 내 얼굴이 점점 달아올랐다. 열을 식히기 위해 와인을 한 모금 들이켰다. 와인 때문에 얼굴이 달아오는 것인데도 말이다.

"선녀의 날개옷 전설, 들어 봤어요?"

그녀는 고개를 가로저었다.

"하루는 선녀가 땅에 내려 와 냇가에서 미역을 감고 있었어요. 그 때 한 나무꾼이 그 모습을 우연히 보고 반해 버렸죠. 그래서 선녀가 하늘로 돌아 가지 못하게 날개옷을 숨겨버렸대요. 그리고는 선녀한테 자기랑 결혼해서 아기를 낳고 살아주면 돌려주겠다고 그랬어요. 선녀는 그 말을 받아들이고 결혼해서 애도 낳고 행복하게 잘 살았죠. 그런데 어느 날, 선녀가 날개옷 숨겨 둔 곳을 물어봤고, 설마 하늘로 돌아가지는 않겠지 하고 마음 놓은 나무꾼은 날개옷이 어디 있는지 알려줬대요. 그런데 선녀는 날개옷을 찾아 입고 하늘로 날아간 거죠. 문제는 그 후죠. 하늘로 날아 올라가는 아내를 남자는 아이들을 끌어 안고 쫓아갔는데, 그걸 선녀가 빗 같은 걸 던져서 못 따라오게 방해한 거예요. 그때 던진 빗이 은하수가 되었다는 설도 있다는군요. 그래서, 둘은 은하수 양끝으로 갈라져, 추한 부부싸움을 했는데, 그걸 보다 못한 하느님이 심판을 내린 거죠. 일년에 한 번, 칠석날에 둘이 만나도록 말이죠."

그녀는 치즈가 올려진 크래커를 한 입 물고는,

"그 선녀, 심하네요."

"그렇죠? 심하죠? 아이까지 낳고 행복한 척, 이제 하늘 나라로 돌아갈 생각이 전혀 없다는 척 하면서, 남자 마음 놓게 하고는, 날개옷을 찾자마자 애도 버리고 혼자 하늘로 도망갔으니…."

"아이까지 끌어 안은 남편한테 빗까지 던진 건 좀…."

나는 살라미를 얹은 크래커를 먹으면서,

"그러게요. 자기가 낳은 아이도 있는데, 어떻게 빗을 던질 생각을 할까? 정말 무서운 여자야, 그렇죠?"

후훗 웃었더니 입에서 크래커 조각이 튀어나왔다. 그녀는 변함없는 무뚝뚝한 표정이었지만 이야기를 즐기고 있다는 것을 느낄 수 있었

다. 축하의 뜻으로 준비한 와인을 마시고 적당히 취한 나는 기분이
좋아졌다. 그날 난 정말 많은 이야기를 했다.

"그런데 사오토메씨. 그 선녀는 쫓아오는 자기 가족들에게 빗을
던질 만큼 하늘로 돌아 가고 싶었다는 거겠죠? 당신도 하늘 나라에
가려고 나한테 그 선녀그림에 날개옷을 그려 달라고 하잖아요."

그녀는 물끄러미 나를 바라보았다.

"하늘나라가 그렇게 좋은 곳인가요?"

그녀는 글쎄요, 하며 시선을 떨구었다.

나는 방 안 공기를 환기시켜야겠다며 창문을 열었다. 하늘에서
는 촉촉한 비가 조용히 내리고 있었다. 나무와 풀 냄새가 코를 찔
렀다.

"비가 오네요. 칠석날에는 언제나 비가 오네…."
그녀가 중얼거렸다. 그때 서점에서 읽은 또다른 이야기가 생각났다.

"칠석날은 양력에도 음력에도 비가 자주 온대요. 칠석날 전날에
오는 비는 세차우(洗車雨)라 한대요. 견우가 직녀를 만나기 위해
소달구지를 비에 깨끗이 닦았다고. 그리고 칠석날 내리는 비는 쇄
루우(灑淚雨)래요. 헤어져 있던 부부가 다시 만나서 흘리는 기쁨
의 눈물, 그리고 헤어질 때 흘리는 슬픔의 눈물이 비가 되어 내린
다고…."
그녀도 와인잔을 들고 창문 쪽으로 다가와 칠석 밤에 내리는 비를
보면서 말했다.

"그럼 오늘은 쇄루우네요."

취해서 말이 많아진 나는 또 하나 얘기가 생각났다.

"또 있어요. 일년에 한 번 남편, 아이들과 재회하는 선녀가 반드시 해야 하는 일이 있대요. 그게 뭘 것 같아요?"

"뭔데요? 모르겠어요."

"그건 바로 일 년치 빨래랍니다. 지난 일년 동안 밀린 빨래를 해야 한다는군요. 그런데 빨래가 끝날 즈음이면, 벌써 헤어질 시간이라서, 가족끼리 오붓한 시간도 못 보내고 다시 은하수 저편으로 돌아간대요."

"아, 그렇군요."

그녀는 창 밖의 비 오는 풍경을 바라보았다. 나도 따라서 비 오는 모습에 눈을 돌렸다. 하늘에서 촉촉하게 내리는 비. 비는 언제나 하늘에서 물방울로 떨어져, 대지를 적시고 풍요롭게 한다. 때론 양이 너무 과해 완벽하게 포장되지 않은 서울 아스팔트 거리에 물웅덩이가 생기기도 한다. 비라는 것은 늘 그렇다고 생각했는데, 오늘 칠석에 내리는 비는 마치 실 같았다. 하늘과 지금 여기에 존재하는 우리들을 잇는 실. 존재는 생명이 있는 것만 하는 것이 아니다. 이승세계를 떠돌고 있는 사오토메씨도 해당된다.

그리고 왠지 난데없이 우시야마씨 생각이 났다. 나와 그녀를 잇는 유일한 실인 그가 정말 이 세상에서 떠나 버린 것일까. 하늘을 올려다 보았다. 가느다란 실 같은 비가 끊임없이 내리고 있었다.

나는 손을 뻗었다. 우시야마씨가 정말 하늘 나라에 있다면, 비에 실어 내게 무언가를 전해 주었으면…. 비는 하늘과 이 세상에 통하는 실전화이다. 칠석날 만큼은 그렇게 해도 될 텐데….

"저기, 그림 그려 주세요."

사오토메씨의 목소리에 비에 젖은 마음이 순식간에 말라버렸다.

"날개옷?"

"네…."

나는 언제나처럼 마음을 담아 그렸다. 오늘은 날개옷이 바람에 나부끼는 모습을 그려봤다. 다 그린 것을 그녀에게 건네었다. 그녀는 언제나처럼 입김을 후 불고는 언제나처럼 슬픈 표정을 지었다. 그것이 그녀가 보여주는 유일한 감정 표현이었다.

"오늘도 없어졌어요?"

"네…."

와인병이 비었다. 나는 목이 말라 냉장고에서 생수를 꺼내 잔에 따랐다. 그녀에게도 마시겠냐고 물어봤지만, 그녀는 괜찮다고 대답했다.

"난 이렇게 생각해요. 당신도 선녀라고. 날개옷을 잃은 선녀요."

"선녀? 내가요?"

"그래요. 당신도 내가 그리는 날개옷이 갖고 싶다 했고, 그게 있으면 하늘에 갈 수 있잖아요. 그러니까 선녀죠. 하지만 전설 속 선녀와는 달리 착한 선녀."

나는 자신 있게 말했다.

"착한 선녀요?"

그녀는 내 눈을 지그시 바라보았다.

"그럼요. 나한테 맛있는 한식집도 많이 알려줬고, 별 볼일 없는 남자한테 걸릴 뻔 하면 늘 구해줬잖아요."

나는 잔에 들어 있는 물을 한 모금 마시고 말을 이었다.

"우리 둘, 복잡한 관계이긴 하지만, 이제 좋은 친구가 된 거예요. 언제나 정성을 다해 날개옷을 그리고 있거든요. 처음에는 빨리 다른 데로 가버리라는 마음에 대충 그렸는데, 지금은 하늘나라로 가길 바라며, 정성을 다해 그리고 있다구요. 만일 당신이 저 세상 하늘나라로 가서 못 만나게 되면 난 너무 슬플 것 같은데. 지금은 그게 상상이 안 돼요."

나는 다시 창 밖으로 손을 뻗었다. 비와 이어졌다.

"우시야마씨가… 나더러 둔하다고 자주 그랬어요. 그래서…."

조심스럽게 오랜만에 입에서 나오는 그의 이름. 그녀도 하늘에서 계속 떨어지는 가는 실을, 땅에서 하늘로 시선을 조금씩 올리며 바라보고 있었다. 무슨 생각을 하는지 궁금해 옆 얼굴을 살짝 보았을 때, 우시야마라는 글자가 희미하게 떠올랐다. 그리고 글자가 떠오른 순간 마음이 찢어질 것 같았다. 마음 속 금고에 단단하게 가두어 두었던 무언가가 넘쳐 나오지 않도록, 그녀가 눈치채지 못하도록, 사고의 채널을 바꾸기 위해, 나는 크게 심호흡을 하고 새로운 공기를 들이쉬어 기분을 새롭게 했다.

"앞으로도 진심을 담아 그릴 거예요. 약속해요."

그녀의 얼굴을 똑바로 봤다. 예쁜 얼굴. 흰 피부. 긴 웨이브 머리가 잘 어울리는 선녀.

"선녀는 하늘에 돌아가야죠. 근데 당신은 그 전설에 나오는 선녀와는 달라요. 그 선녀는 무서운 사람, 여자가 가진 무서운 면을 다 갖춘 여자 같아요."

그녀가 웃었다고 느꼈지만 착각이었다. 변화 없이 무뚝뚝한 표정이었다.

"그럴지도 모르죠."

나는 잔에 남은 물을 다 마셔 버리고 빙그레 웃으며 그녀에게 말했다.

"당신은 정말 좋은 선녀예요. 여자의 나쁜 점도 하나 없고."

문득 창 밖을 보니 비가 어느 새 그쳐 있었다.

"어머, 비가 그쳤네요."

하며 돌아 보니 그녀가 있던 곳에는 빨간 와인이 가득 차 있는 잔이 놓여 있을 뿐, 그녀는 사라지고 없었다.

* * *

사흘 동안 그녀는 모습을 나타내지 않았다. 나는 드디어 하늘에 가버린 걸까 하고 서운한 마음이었다. 늘 아무런 예고도 없이 나타나, 소나무 밑에서 하늘을 우러러보는 아름다운 선녀의 탐스런 팔에 날개옷을 그려 달라 매달리고, 다 그리면 입김을 불었고, 날개옷이 사라지면 한숨을 쉬고는 어디론가 가버리던 그녀. 그녀가 처음 찾아온 후로 우리는 거의 날마다 같이 지냈다. 맛있는 한식집에도 같이 갔다. 나는 한국친구가 별로 없는데도, 서울에 와서 한국 유령친구를 많이 알게 되었고, 귀가 솔깃할 만한 좋은 정보도 많이 알려 주었다. 그녀는 내 연애의 시작을 알리는 꽃봉오리를 뚝뚝 따버리곤 했지만, 가만히 생각해보면 모두들 시덥지 않은 남자들뿐이었다.

웃지도 화내지도 울지도 않는 사오토메씨. 그녀가 내게 붙어 다니는 것이, 내게는 일상이 되어 버렸다. 칠석날에 당신이 저 세상으로 가서 못 만나게 되면 난 너무 슬플 것 같은데. 지금은 그게 상상이 안 돼요.'라고 말했었다. 나는 그녀가 모습을 감춘 사흘 동안 기운이 나지 않았다.

사흘째 밤, 나는 커피를 마시며 발상을 전환시켜 보기로 했다. 전환은 조금 과장된 표현이긴 하지만, 다시 한번 원점으로 돌아가 보기로 한 것이다. 왜 그녀가 나를 찾아 왔는지. 그것은 그녀가 하늘 나라로 가기를 원했으니까. 나는 같이 있고 싶지만 그녀는 하늘로 가고 싶다는 말이다. 전설에 등장하는 선녀는 날개옷을 위해 몇 년 동안 좋은 아내임을 연기했고, 날개옷을 손에 넣자마자 쫓아오는 남편과 아이들에게 빗을 던질 만큼, 매력 넘치는 하늘이다. '하

이훈 단편소설집

늘로 보내주는 것이 진정한 우정이겠지' 혹시 그녀가 하늘로 올라갔다 해도 아주 잘된 일이라며, 기뻐해 줘야 할 일이라고 생각했다.

컵을 왼손에 든 채 나는 창문을 열고 칠석날 밤과는 달리 별빛 가득한 하늘을 올려다 보았다. 별똥별 하나가 하늘을 가로질렀다.

"별똥별이네요."

나는 놀라 뒤돌아 보았다. 그녀였다.

"사오토메씨!"

나는 너무 기뻤다. 창문에서 뛰어 내려 별이 빛나는 하늘 아래서 달빛을 받으며 노래하고 춤추는 어릿광대라도 되고 싶은 심정이었다.

"난 하늘로 간 줄 알았어요."

그녀는 여전히 무표정이었다. 긴 머리를 뒤로 넘기며,

"아직 날개옷이 없잖아요."

나는 사오토메씨에게 커피를 끓여 주었다. 사오토메씨는 설탕도 크림도 넣지 않고 블랙으로 마신다. 나는 설탕 조금에 크림을 듬뿍 넣어 커피 우유처럼 해서 마신다. 나는 왜 사흘 동안 안 나타났는지 물어보지 않았다. 그 대신 그녀가 안 보이던 사흘 동안 그녀가 하늘로 간다면 얼마나 슬플지, 조금은 실감이 났다고 솔직히 말했다.

그녀가 없던 사흘 동안에 생긴 잡다한 일들―학교 친구들과 늘 하는 한국 욕하기나, 집 근처 슈퍼에서 산 시리얼 상자에 개미가 잔뜩 들어있던 일, 어느 지팡이를 짚은 할머니가 학교 수위 아저씨와 싸우다가, 지팡이로 그 아저씨를 때리기 시작한 일 등. 그녀는 가볍게 끄덕이면서 내가 하는 말을 들어 주었다.

커피를 두 잔 반쯤 마셨을 때, 그녀가 갑자기 제안을 했다.

"8월 5일은 음력으로 칠석이죠? 그러니까…, 그게 진짜 칠석이 잖아요?"

나는, 아마 그럴 거라고 대답했다.

"그 진짜 칠석날에 일본에서 만날래요?"

"일본?"

나는 눈이 휘둥그래져서 물었다.

"왜 갑자기?"

그녀는 커피 잔을 커피가 흘러나오지 않도록 빙글빙글 돌리면서,

"특별히 이유는 없어요. 그냥 일본에서 오리코씨와 칠석을 지내면 좋겠다 싶어서요."

나와 함께 진짜 칠석을 보내고 싶다니. 너무 기뻤다.

"좋아요! 그럼 내일 당장 비행기표를 예약할게요."

그녀는 컵을 조용히 내리고는,

"그리고, 저 잠깐 여행을 다녀올까 해요. 그러니까 일본에서 칠석날 만나요."

"여행? 혼자서요?"

그녀는 머리를 가볍게 쓸어 내리며,

"네, 혼자서요."

서운했지만, 나는 친구를 구속하고 싶지는 않다. 애인이라도 마찬

이훈 단편소설집

가지이다.

"그러세요. 잘 다녀오세요. 근데 어디로 가요?"

"그냥, 발 길 닿는 대로."

"조심해서 다녀 와요."

요즘 서울에는 끔찍한 뉴스가 많이 들려 온다. 밤에 택시를 탄 젊은 여자가, 운전사한테 신용카드를 뺏긴 채 살해 당하는 사건이 몇번 있었다.

그녀가 웃은 듯한 느낌이 들었다.

"나는 유령이잖아요. 그러니까 괜찮아요."

그녀가 떠나려 했을 때, 나는 서둘러 가는 그녀를 막듯이 말했다.

"칠석날에 어디서 봐요?"

"저녁에 당신과 우시야마씨가 자주 만났다는 공원에서 봐요."

"그런데 오늘은 그림 안 그려요?"

"오늘은 괜찮아요."

하며 사라졌다. 처음으로 내가 보는 앞에서 사라졌다. 늘 화장실에 다녀오겠다며 나타나지 않거나, 내가 다른 곳에 눈을 돌리고 있을 때 사라졌는데. 그날 나는 처음으로 그녀가 사라진 것을 내 눈으로 보았다. 환영처럼 공기에 녹아버리듯 그녀는 희미해져 갔다. 완전히 사라진 후에도 아직 방안 공기 분자, 원자에 그녀가 존재하는 것은 아닐까 하며, 그녀의 존재를 느끼려고 했다.

* * *

사오토메씨는 훌쩍 여행을 떠났다. 나는 다시 혼자 남겨진 것 같아, 길 잃은 아이처럼 불안해졌지만, 1주일, 2주일 날이 갈수록 불안감도 조금씩 사라져갔다. 그녀가 떠난 지 3주가 되는 날에는 기말시험이 있어서 나는 여느 때보다 열심히 시험공부를 했다. 그리고 매일 밤 자기 전에 날개옷을 그리는 연습을 했다. 그녀가 예쁜 날개옷을 입고 하늘로 가길 바라는 마음에서.

솔직히 말하면, 날개옷을 입고 하늘에 올라가는 그녀를 보고 싶은 마음과, 이 세상에 남아 계속 내게 들러붙은 채 같이 있었으면 하는 마음이 뒤섞여 있어, 그 두 마음 사이를 오고 가며 나는 매일 밤 날개옷을 그렸다.

* * *

그리고 7월말. 좋은 성적으로 기말시험을 넘기고 다음 학기 전까지 짧은 여름방학에 들어갔다. 나는 트렁크를 덜덜 끌고 바다 건너 일본으로 갔다. 일본에 돌아가 오랜만에 집에서 가족들과 지내고 친구들에게 한국 김을 나누어 주다 보니, 쏜살같이 날짜가 지나 어느덧 음력 칠석인 8월5일 전날이 되었다.

그날 저녁 나는 혼자서 영화를 보고 친구가 혼자 사는 집에 놀러 갔다. 불을 켜고 사 온 햄버거와 프렌치프라이 봉투를 테이블 위에 올려놓고 냉장고에서 보리차를 꺼내려고 하자 뒤에서 인기척이 느껴졌다. 뒤를 돌아보니 거기에는 튤립이 그려진 카드가 놓여 있었다. 나는 카드를 집어 들었다.

"내일 그 공원에서 8시에 봐요."

그녀가 보낸 카드였다.

* * *

8월 5일. 나는 그와 자주 가던 추억 담긴 공원 근처 역에 6시 반에 도착했다. 역을 나와 공원 가는 길에 있는 빵집에서 카레빵과 카페라테를 샀다. 그리고 횡단보도를 건너 공원으로 이어지는 길을 어슬렁 어슬렁 걸어갔다. 도로변에 있는 가게들은 2년 전과 조금도 변하지 않은 채 그대로였다. 자주 만나던 카페, 묘한 분위기의 잡화점, 공원 입구에 있는 아이스크림 가게, 하나도 변하지 않았다. 돌 계단을 내리고 연못 옆 벤치에 앉아 연못 주변을 한 바퀴 둘러보며 난 크게 심호흡을 했다. 나는 이 공원의 여름이 좋았다. 사람도 나무도 연못도 해방감에 젖어 생기로 가득 차 있었다. 그림 그리는 사람도 강아지를 데리고 산책하는 사람도, 사랑을 속삭이는 연인들도, 골똘히 생각에 잠긴 사람들도, 모두 눈부실 정도로 생기있는 빛을 발하고 있었다. 나무도 푸른 잎들로 한껏 우거져, 사람들에게 질세라 자신들의 생기를 내뿜고 있다. 연못은 그런 사람들, 그런 나무들의 생기를 자기 위에 비추며, 생기를 발산하고 있었다.

올 여름은 선선한 편이어서 저녁에는 조금 쌀쌀할 정도였다. 멀리서 저물어 가는 노을은 가을 황혼을 연상케 했다. 나는 빵집에서 사 온 카레빵을 한 입 물었다. 예전과 똑같이 변하지 않은 맛이었다. 바삭바삭하게 튀긴 빵 안에는 향신료가 강하지만, 감칠 맛이 나는 카레가 들어 있다. 그와 자주 먹었던 카레빵. 예전과 크게 다른 것은, 그 사람, 우시야마씨가 없다는 것.

잠시 잊고 있던 생각이 갑자기 떠올랐다. 일 년 전에 그는 사오토메씨와 같이 교통사고로 하늘 나라로 가버렸다는 사실을. 이젠 다시 볼 수도, 목소리를 들을 수도 없고, 그의 작고 귀여운 글씨도 이젠 두 번 다시 볼 수 없다는 것을. 눈에서 눈물이 하나, 둘, 뚝뚝 떨어졌다. 아, 이제야 나오는구나. '오리코는 둔하잖아'

"맞아! 난 둔해."

나는 사오토메씨와 약속한 8시까지 마음껏 울기로 했다. 그녀에게는 보이고 싶지 않은 눈물. 그녀가 나타나기 전까지 눈물로 범벅이 된 얼굴을 어떻게든 해야지. 아무튼 그때까지 후련해질 때까지 울자. 그렇게 마음 먹고 나는 울었다.

* * *

7시 45분, 나는 공원 입구에 있는 화장실에 세수하러 갔다. 가기 전까지 엉엉 울었다. 그와 나눈 추억의 카레빵도 다 먹었다. 아무리 세게 씹어도 잇몸에 마취주사를 맞은 것처럼 이에 힘이 빠져서 먹는 모습이 필시 게걸스럽고 지저분하게 보였을 것이다. 미지근한 물로 얼굴을 씻고, 손수건으로 닦고, 거울로 얼굴을 살펴봤다. 눈이 조금 발갛게 부어 있었지만 밖은 이미 어둑해졌으니 그녀도 눈치채지 못할 것이라 확신하고 밖으로 나갔다.

밖은 깜깜해졌다. 하늘에는 이미 초승달이 떠 있고, 여기 저기서 별이 반짝거리고 있었다. 나는 하늘을 올려다보고 하나, 둘 별을 세며 조금 전 앉아 울던 자리 쪽으로 갔다. 목이 뻐근해서 뚝뚝 소리를 내며 좌우로 고개를 꺾었다. 다시 벤치 쪽을 보니 그토록 보고 싶었던 그녀가 앉아 있었다. 나는 기쁜 마음에 종종 걸음으로 다가갔다.

"사오토메씨."

늘 그렇듯 표정 없는 얼굴로 그녀는 뒤돌아봤다.

"오랜만이네요."

나는 오랫동안 혼자 지낸 강아지가 주인한테 달라 붙어 애교부리듯, '어디 갔다 왔어요? 잘 지냈죠? 어떻게 지냈어요?'라며 질문을 퍼부었다. 그녀는 내 질문에 무뚝뚝하게 그냥 여기저기 다녔고 잘 지냈으며, 그저 그렇다고 대답했다. 그래도 나는 여전히 빙그레 웃고 있었다. 잠시 동안은 그녀가 없었을 동안 어떤 일이 있었는지를 이야기해 주었지만, 그리고는 할 말도 없어서 우리들은 그대로 나란히 앉아 묵묵히 별이 총총한 하늘을 바라보았다. 얼마 동안이었는지 모르지만, 우리는 잠시 그대로 그렇게 앉아 있었다.

七夕

"다행이네요. 오늘은 쇄루우가 안 내려서."

그녀는 고급스러운 프랑스 레스토랑에서 흘러나오는 조용한 음악처럼, 입을 열었다.

"저건가요? 은하수가…."

나는 동쪽 하늘을 가리켰다. 나는 별에 대해서는 별로 아는 게 없어서, 별들이 수없이 반짝이는 하늘을 적당히 가리켰다. 그녀는 그럴지도 모르겠다고 대답했다. 그녀도 별에 대해 잘 모르는가 보다.

* * *

그녀는 여느 때처럼 선녀 그림을 꺼내어 그림을 그려 달라고 했다. 어느 새 벤치 위에는 벼루와 붓이 놓여 있었다. 나는 붓을 들면서,

"사오토메씨 없는 동안 연습 많이 했어요."

조금 뽐내듯 말하고는 마음을 담아 정성껏 날개옷을 그렸다. 예전에는 날개옷을 늘 땅에 끌릴 만큼 길게 그렸는데, 이번에는 하늘로 빨려 들어갈 기세로 지금이라도 떠오를 것 같은 느낌으로 그렸다. 그녀가 없는 동안 열심히 연습했던 그림이었다. 그녀는 그러한 내 손놀림과 붓의 움직임을 뚫어질 듯 바라보고 있었다.

"어때요? 잘 그렸죠?"

"최고예요."

하며, 언제나처럼 그림에 입김을 불었다. 그림에서 천천히 얼굴을 뗀 그녀는, 눈이 휘둥그래지더니 외마디 비명을 질렀다.

내가 놀라 그녀를 바라본 순간, 그녀는 눈 앞에서 사라졌다. 나는 허둥대며 외쳤다.

"사오토메씨!"

벤치에서 일어서 주위를 둘러보고 그녀의 모습을 찾아봤다.

"사오토메씨!"

"여기예요."

연못 쪽에서 그녀의 목소리가 들려 왔다. 연못에는 어느새 하얀 안개가 드리워져 뿌연 환영 같았다. 눈을 가늘게 떠서 살펴보니 연못 가운데에 작고 하얀 배가 떠 있었고 거기에는 금방이라도 하늘로 날라 갈 듯 날개옷을 걸친 선녀 모습으로 그녀가 서 있었다. 그 모습을 보니 너무 슬퍼졌다. 그래도 슬프다는 말은 하지 않기로 마음 먹었다.

"드디어 가는군요."

그녀는 빙긋 웃었다. 보는 나도 따라 웃고 싶을 만큼 예쁜 미소였다. 그녀의 웃는 모습이 이렇게 예뻤구나….

"그래요. 드디어 갈 때가 왔어요."

"내가 잘 그린 거네요?"

"네, 정말 잘 그렸어요. 오리코씨에 대한 내 원한이 깨끗이 풀릴 만큼..."

원한? 생각지도 못한 단어에 나는 당황스러웠다.

"당신을 원망했었죠. 당신이 그린 날개옷에 내가 입김을 불면 늘 사라졌죠? 그건 미워하는 내 마음이 강했기 때문이에요."

나는 그녀가 왜 나를 미워했는지 전혀 알 수가 없었다. 그녀는 부드럽게 미소 띤 모습으로 말을 이었다.

"내가 이승을 떠도는 이유도 당신을 원망했기 때문이죠. 근데 지금은, 자 보세요, 날개옷을 걸치고 있잖아요? 얼마나 기분이 좋은지…."

그녀는 날개옷을 두 손으로 잡고 나비처럼 하늘하늘 해 보였다. 나는 그녀에게 물었다.

"왜… 왜 나를 미워했죠?"

그녀는 움직임을 멈추고 조금 슬픈 표정을 지었다. 그리고는 망설이는 듯 하다가 대답해 주었다.

"그건… 우시야마씨가 당신을 너무 사랑했으니까…작년 칠석날, 교통사고가 나기 전에 우리는 헤어지자는 이야기를 하고 있었어요."

그녀는 별들이 반짝거리는 하늘을 올려다 보며

"…그날 우리는 정말로 헤어지고 말았죠. 그는 완전히 하늘로 가 버리고, 나는 당신에 대한 원한을 품은 채, 이 세상에 남아 당신에게 붙었으니…."

나는 생각지도 못한 말에 놀랄 뿐이었다.

"거짓말이에요. 헤어지자고 한 건 그 사람이에요. 우리 둘 사이에는 미래가 안 보이니 헤어지자고!"

그녀는 늘 그랬듯이 긴 웨이브 머리를 가볍게 뒤로 넘기며 웃었다.

"결국 그 말이 맞았네요. 그이한테 미래란 없었으니까."

듣고 보니 그렇네⋯. 나는 바로 납득해 버렸다.

"오리코씨, 당신은 정말 둔하고 단순하네요."

나는 조각배 위에 서 있는 선녀를 바라보았다.

"나는 수도 없이 당신을 죽이려 했는데⋯. 차에 치일 뻔한 적이 몇 번이나 있었죠? 그거 다 내가 한 거예요."

나는 깜짝 놀라 눈이 휘둥그래졌다. 그리고는 크게 웃었다.

"그건 전혀 몰랐는데요."

그녀는 예쁘고 맑은 눈으로 내게 말했다. 선녀 모습이 정말 잘 어울렸다.

"그거 알아요? 지금 우시야마씨가 하늘에서 당신에게 열심히 말을 걸고 있어요."

나는 하늘을 올려보았다. 그러나 내 귀에는 아무것도 들리지 않고, 눈에는 달과 별, 그리고 아름다운 칠석 밤하늘이 보일 뿐이었다. 그녀는 후훗 웃으며,

"정말 안달이 나 있네요. 어떻게든 당신한테 마음을 전하려고 애쓰고 있어요."

나는 칠석하늘을 두리번거리며 '그'를 찾았다. 하지만 아무것도 보이지도 들리지도 않았다. 슬펐다.

"자, 이제 갈 시간이에요."

七夕

그 말에 나는 제 정신으로 돌아와 그녀를 바라보았다. 그녀 모습이 점점 안개에 싸여 뿌옇게 흐려졌다.

"오리코씨, 나는 당신이 참 좋아요."

내 눈에서 참고 있던 눈물이 흘러 나왔다.

"나도요."

"오리코씨, 우리는 친구죠?"

"그럼요!"

"고마워요, 날개옷. 아주 가볍고 예뻐요. 날아갈 것 같아요."

그녀의 모습은 점점 안개 속으로 사라지고 있었다. 나는 외쳤다.

"날아 봐요. 사오토메씨. 날아 가세요. 선녀잖아요. 날아 봐요!"

그녀는 하늘로 날아 오르지 않고 그대로 안개 속으로 사라졌다.

"…고마워요, 오리코씨…."

환상과도 같은 그녀의 작은 목소리가 들려왔다. 그 목소리와 함께 안개도 걷히고 연못은 원래 모습대로 돌아왔다. 그리고…. 그녀는 하늘로 가 버렸다.

* * *

나는 벤치에 앉아 울었다. 너무나도 커다란 상실감. 넓은 대지에 혼자 남겨져, 주위를 둘러보고 어쩔 줄 모르는 아이처럼. 한참 동안을 그렇게 있었다. 마음이 조금 진정되었을 무렵,

"앗, 별똥별이다!"

이훈 단편소설집

하는 아이들 목소리가 들렸다. 나는 두 손으로 뺨에 흐른 눈물을 닦고 하늘을 올려보았다. 별 하나가 뚝 떨어져 하늘을 가로질러 어디론가 사라졌다. 한 달 만에 보는 별똥별. 이어서 두 번째 별똥별이 떨어진 후 하늘은 고요함을 되찾은 듯 했다.

"와! 저 별 참 크다!"

라는 아이 목소리가 또 들려왔다. 나는 문득 은하수 쪽을 보았다. 그랬더니 하늘에 보름달 같은 노란 별이 빙글빙글 맴돌고 있었다. 잠시 동안 그렇게 빙글빙글 돌던 별은 조금씩 이동하더니, 점점 빨라져 어찌 된 일인지 나를 향해 달려오고 있었다. 벤치에서 일어나서 피해야지 하면서도, 머리 속이 마비된 듯, 몸을 꼼짝할 수 없었다. 나는 눈을 꽉 감았다. 몸 안에 거대한 힘이 들어와 돌이 되어버린 사람처럼 전신에 잔뜩 힘을 주니, 무릎 위로 무언가가 툭 하고 떨어졌다. 조심스럽게 눈을 떠 보니, 그것은 반짝거리는 셀로판지로 싸인 사탕이었다. 나는 그것을 집어 물끄러미 바라보고 있는데,

"먹어 봐요."

다시 아이 목소리가 들렸다. 나는 그 말에 따라 로봇처럼 아무런 생각 없이 포장을 뜯어 안에 들어 있던 하얀 사탕을 입에 넣었다. 입 안 가득 퍼지는 달콤한 우유맛 사탕이었다.

"은하수를 영어로 밀키 웨이(Milky Way)라고 하지."

그리운 목소리. 우시야마씨…. 나는 놀라 뒤를 보았다. 그러나 보이는 것은 하늘을 향해 꼿꼿이 뻗어 있는 초록 나무들, 귀에는

매미소리, 그리고 한여름 풀냄새, 그리고 선선한 저녁 바람뿐이었다. 나는 사탕을 입 안에서 굴렸다. 달콤한 우유맛은 혀를 통해 나의 피, 몸, 마음 속까지 스며들었다. 달콤한 우유 맛은 그와 함께 했던 추억의 맛이었다.

* * *

그와 같이 자주 오던 공원과 그와 함께 나누었던 추억들. 공간과 시간이 뒤섞여 나의 머리 속에서 필름처럼 스쳐 지나갔다.

봄. 공원 주위에 둘러싸인 울타리에 걸터 앉아 바라보던 벚꽃, 꽃들에 취한 사람들 물결.

여름. '불꽃놀이 금지'라는 간판을 무시한 채, 몰려드는 모기 떼를 쫓으면서 연못가에서 불꽃에 불 붙이던 일. 불꽃 색에 환히 물들어가는 우리들.

가을. 겨울이 오기 전에 빨강, 노랑으로 물든 나무에 둘러싸여 구경했던 거리 곡예사들의 저글링, 불을 뿜는 사람.

겨울. 살이 에이는 듯한 추위 속에서, 겨울 잠 자는 나뭇가지에 돋아나는 작고 푸른 봄의 전령을 발견했던 일, 뜨겁고 달콤한 붕어빵, 기관차 연기 같은 하얀 입김.

그의 소년과도 같은 미소. 내 손을 어루만지는 그의 감촉, 키스하는 부드러운 입술. '오리코는 둔하잖아.' 그의 자상한 목소리. 그와 연결된 모든 것이, 달콤한 우유맛과 함께 내 마음 속에서 선명

이훈 단편소설집

하게 되살아났다.

눈에서 다시 눈물이 홍수처럼 흘러 나왔다. 우시야마씨를 다시는 만날 수 없다. 그것을 뼈저리게 실감한 나는, 아직도 그를 깊이 사랑하고 있음을 깨달았다. 그리고 생각했다. 정말 죽어서도 제멋대로인 버릇은 여전하다고…. 마음이 저려왔다. 작아진 사탕을 으드득 씹어 삼키니, 하늘 나라에 있는 그가 보낸, 말로는 다 표현 못할 메시지가 마음으로 전해졌다. 따뜻하고 달콤한 메시지.

내 마음은 생크림이 담뿍 들어간 달콤한 케익을 입 안에 넣은 듯한 기분이었다. 하지만 그 기분은 솜사탕처럼 희미하게 사라져갔다. 보고 싶다. 너무 너무 보고 싶었다. 하지만 그는 이미 하늘 나라에 가고 없다. 나는 도저히 가만히 앉아 있을 수 없어, 벌떡 일어나 연못을 바라보았다. 원래 모습으로 돌아가 조용해진 연못. 조금 전까지 그녀가 있던 곳을 향해 나는 외쳤다.

"사오토메씨, 왜 안 날아간 거에요?"

마음 속에서 거칠게 일어나는 폭풍우를 진정시키려고 나는 계속 외쳐댔다.

"사오토메씨, 왜 안 날아갔냐구요?"

눈 앞에는 잠에 빠진 연못. 귀에는 나뭇잎 스치는 소리. 살갖에는 습기 찬 여름 밤공기. 하지만 한 순간, 아주 희미하게 그녀의 머리카락 냄새가 느껴졌다.

서울 2004년 늦가을

"저기, 아가씨."

오늘 일기예보에서는 아침 기온이 영하로 떨어지니 옷을 따뜻하게 껴 입고 외출하는 것이 좋겠다고 했다. 두꺼운 스웨터에 코트와 목도리. 10시가 넘었는데도 여전히 추웠다. 흰 입김을 내뿜으며 버스 정류장 건너편에 있는 교회를 멍하니 바라보고 있었다.

"아가씨."

건너편 교회 외벽에 기댄 채, 찬바람에 온 날개깃을 뜯긴 듯한 나무의 영혼이 말을 걸어 온 줄 알고 움찔했다. 내 어깨 높이보다 작은 체구를 가진 어느 할머니 목소리였다.

"합정으로 가려면 몇 번 버스를 타야 하나? 교회 사람들이 여기에서 합정 가는 버스가 있다고 그랬는데."

볼수록 참 자그마한 할머니였다. 서울 거리의 꽃가게에서 흔히 볼수 있는 철사끈과 포장지로 단단히 묶인 꽃다발처럼, 연보라색 한복치마에 감싸인 모습이었다.

"저도 같은 방향이에요. 같이 가세요."

그 작은 할머니는 조금 비스듬이 흘러내린 안경을 올리고는 아이고, 아이고 하면서 내 오른손을 두 손으로 쓰다듬었다. 바삭바삭한 낙엽, 시들어 가늘어진 나뭇가지 같은 할머니의 손.

"친절하구랴. 요즘에는 인정 없는 사람들이 많아서…. 오늘 열심히 기도해서 하나님이 돌봐주시나보오."

순간 할머니의 손에서 가시가 돋아 내 손을 찌르고, 통증이 혈관을 통해 심장까지 파고드는 것 같았다.

'하나님'

교회 외벽에 기대어 있는 저 으스스한 나무들처럼, 내게 붙어 서서 건너편 교회 꼭대기에 걸린 십자가를 향해 미소를 띠는 할머니.

"아, 이 파란색 버스인가?"

맞다면서 할머니를 그냥 태워보낼까? 그러나 나는 고개를 내젓고 잔뜩 찌푸린 하늘을 올려다 보며 작은 한숨을 쉬었다.

귤이 잔뜩 들어 있는 검은 비닐 봉투를 들고 한 아주머니가 물어왔다.

"남부터미널 가는데 여기서 신촌까지 버스 타고, 거기서 지하철 2호선을 타고 교대에서 다시 3호선으로 갈아타려는데. 근데 맞은 편 버스 정류장에서 타면 바로 3호선 역에 갈수 있다고 하던데…."

"네, 맞은 편 버스정류장에서 마을버스를 타면 독립문에 가요. 거기가 지하철 3호선 역이에요."

나의 입에서 나오는 한국말을 듣고, 이상하다는 표정을 지었다. 그리고는

"고마워요. 근데, 그냥 신촌에서 2호선 타고 교대에서 갈아탈래요."

라며 마침 도착한 버스를 타고 가 버린다. 차라리 그러는 편이 마음 편하다. 옆에서 계속해서 하나님과 대화하는 할머니를 보느니…

　버스가 도착해서 할머니의 팔을 잡아 계단 오르는 것을 거들었다. 마치 대나무 빗자루 마냥 가벼웠다. 버스 속에서 할머니는 다시 나의 손을 잡고,

"하나님 축복이 있기를…."

이라고 말했다. 축복…. 도저히 참기 어려웠다. 그냥 애써 입술에 힘을 풀어 웃어 보였지만, 내가 할 수 있는 건 여기까지였다. 버스가 연세대학교 정문 앞을 지나 U턴해서 신촌역으로 향했다. 역 앞에서 문이 열리자, 나는 허둥지둥 할머니의 손을 잡고,

"이 버스는 합정까지 가니까, 걱정 마세요. 자, 전 여기서 내릴게요."

라며 버스에서 내렸다. 뒤에서 들려오는 할머니의 목소리.

"축복 받으세요. 하나님이……."

* * *

　버스에서 내린 나는 차가운 바깥 공기에 무심코 손을 주머니에 넣었다. 주머니 속에는 꼬깃꼬깃 접힌 엽서가 들어 있었다. 나는 걸음을 멈추고 주머니 속의 엽서를 꽉 쥐었다. 할머니의 무언가가 그리도 참기 어려워서 서둘러 내렸는지…. 그러나 더 이상 버스 안에 있을 수는 없었다. 아무리 행선지가 같은 합정이라 해도….

　'합정에 있는 외국인 묘지에서 기다리겠다.'

엽서에는 보내는 사람 표시도 없이 일본어로 이 말 한 줄만 적혀 있었다. 내가 일본에 다녀온 날, 아파트 주인 할머니한테 그 엽서를 건네 받았다. 일본에 가기 전에 비해 부쩍 추워진 늦가을의 서울. 할머니는 방금 담근 김장김치와 함께 엽서를 전해 주었다.

　"지금 김장을 해야 제 맛이 나지."

라며 환하게 웃다가 갑자기 심각한 표정을 지으며,

　"근데, 남동생 일주기 제사 잘 지냈어?"

나는 일부러 활짝 미소를 지어 보이며, 네라고 대답했다.

　'합정에 있는 외국인 묘지에서 기다리겠다.'

지하철을 타고 있는 동안 나는 계속 그 글자들을 노려봤다. 무엇이 기다리고 있는지. 무엇이 기다리고 있다한들 난 상관없었다. 기다리는 것이 없어도 괜찮았다. 나는 믿지 않는다. 기대도 하지 않는다. 그럼 왜 나는 지금 지하철을 타고 합정으로 향하고 있는 것일까? 갑자기 아까 그 할머니 얼굴이 떠올랐다. 제대로 합정에서 내리셨을까? 할머니 얼굴에 남동생 얼굴이 오버랩되었다. 나는 당황해서 머리를 내저었다.

'합정에 있는 외국인 묘지에서 기다리겠다.'

* * *

7번 출구 계단을 올라 지도를 따라 길을 걸었다. 아직 오전 시간이어서 그런지, 아니면 불경기라 그런지 인적이 뜸한 시장을 지나, 고가도로를 따라 쭉 걸어갔다. '외국인 묘지 100m', '외국인 묘지 75m' 너무나 꼼꼼한 안내표지가 곳곳에 서있었다. 햇볕이 들지 않아 더욱 썰렁한 아스팔트 위에서 뚜벅뚜벅 쓸쓸히 울리는 발걸음 소리. 이 도시의 침침한 거리 위에서 지금 그것만이 마음을 나눌 수 있는 친구 같았다.

고개를 숙인 채 아스팔트만 봤다. 어떤 중벌을 받아 보이지 않는 돌덩이를 영원히 짊어지고 가야만 하는 망자(亡者)처럼.

'영원히.'

영원이라는 종소리가 온몸에 울려 퍼졌다. 고개를 드니 무미건조해 보이는 콘크리트로 된 교회가 눈에 띄었다. 조금 전까지 친구가 되어주었던 발걸음 소리가, 돌연 전혀 모르는 타인처럼 느껴졌다. 순간 불안해졌지만, 나는 계속 걸어갔다.

'합정에 있는 외국인 묘지에서 기다리겠다.'

＊ ＊ ＊

교회 문을 빠져나가기 전에 한번 더 주머니 속의 엽서를 꽉 쥐었
다. 그리고 작은 언덕에 위치한 휴게소까지 한달음에 뛰어 올라갔
다. 언덕을 올라 숨을 거칠게 헉헉 내쉬면서 눈 아래 펼쳐진 묘지를
바라보았다. 한국에서는 작은 고분 모양으로 흙을 동그랗게 쌓아 올
려서 무덤을 만든다. 여기에 이렇게 서서 수많은 무덤을 한눈에 보
고 있자니, 새로운 느낌이 들었다. 크게 심호흡을 했다. 여기에 뭐
가 있을까? 나는 천천히 묘지로 내려갔다.

'합정에 있는 외국인 묘지에서 기다리겠다.'

＊ ＊ ＊

'하나님의 영원한 영광. 축복'

'사랑은 위대하다. 끝이 없다.'

선교사들의 묘지이다. 남겨진 사람들이 고인에 대한 마음을 담아
만든 묘지. 십자가 투성이일 줄 알았는데 무덤모양도 제각기 달랐
다. 바위처럼 생긴 무덤, 관 모양의 무덤, 책 모양을 한 무덤. 비
석에 적힌 문구를 하나 하나 자세히 살펴봤다. 스웨덴, 영국, 미
국, 캐나다. 먼 나라에서 '하나님', '영광', '축복', '사랑' 같은 것들
을 믿고 여기까지 와서 눈을 감은 사람들. 그런 것들을 진짜로 믿
었다니, 미친 짓이다. 진짜일 리 없잖아. 실망만 할 것을…, 그런

엉터리를 믿는다니.

묘지들을 보고 있자니 속이 메슥거렸다. 눈을 왼쪽으로 돌리니 거기에도 무덤이 있었다.

'웨스트민스터에 묻히기보다 나는 한국의 흙이 되고 싶다.' 정말 바보 같다. 나는 다시 얼굴을 되돌리고는 여기에 온 것을 후회했다. 그런 말도 안 되는 것을 믿고 죽은 그네들만 '바보'인 게 아니다. 이런 엽서를 믿고 여기까지 온 나도 '바보'였다. 1년 전에 한마디의 말도 남기지 않은 채 갑자기 저 세상으로 가버린 남동생의 모습을 찾고 있는 나야말로 '바보'이다. 빨리 그곳에서 벗어나려고 발걸음을 옮겼다.

"에구, 아가씨. 아가씨도 여기 온 게요?" 뒤돌아보니 버스 정류장에서 본 할머니가 누군가의 묘에 꽃을 올리고 있었다.

"이 무덤은 잘 아는 목사님의 사모님의 무덤이지. 덴마크 사람이었어요. 늘 친구랑 같이 오는데, 오늘 그 친구가 허리가 아프다고 해서. 오늘 처음으로 혼자 왔어요. 제대로 올 수 있을까 걱정했는데 아가씨 덕분에 잘 도착한 게지. 하나님 축복…." 나는 할머니 말이 채 끝나기도 전에, 급한 일이 있다며 무뚝뚝하게 가볍게 머리를 숙이고는, 할머니를 산에 버리고 도망치듯 자리를 뒤로 했다. 할머니는 아마 자상한 눈빛으로 내 뒷모습을 바라보고 있겠지. 돌아보면 현기증이 날 것 같았다. 나는 한 번도 뒤돌아보지 않고 그냥 걸었다.

'합정에 있는 외국인 묘지에서 기다리겠다.'

* * *

휴게소에 설치된 휴지통에 아무 망설임 없이 엽서를 찢어 버렸다. 엽서 조각은 눈처럼 팔랑거리며 휴지통 안으로 사라졌다.

"오늘 무지무지하게 춥네요."

휴게소 벤치에 앉아 담배를 피우던 30대 중반의 남자가 갑자기 말을 걸어 왔다.

"성묘하러 왔어요?"

남자는 말하면서 피우던 담배를 땅에 버리고는 발로 밟아 껐다.

"아뇨, 그냥요."

"나는 원래 서울사람인데요. 2년 전까지 대구에 살았거든요, 지금 일도 다 때려 치우고 집사람과 딸 무덤을 찾고 있어요."

"무덤이요?"

나는 정신 나간 남자인가 싶어서 얼굴을 살펴 봤다. 말끔한 코트, 반짝반짝하게 닦인 구두. 머리도 깔끔하게 빗어 넘겼고 얼굴도 말쑥했다. 좀 피곤한지 눈 밑에 그림자가 지긴 했지만. 겉보기에는 멀쩡했고 목소리에도 힘이 있었다.

"네. 그날 집사람은 딸아이를 데리고 친구집에 놀러 가는 길이었죠. 평소에 별로 외출을 안 하는 편이었는데. 하필 그날…. 그 정신 나간 놈이….”

그 남자는 눈물을 그렁거리며 으드득 이를 갈았다. 그리고 '하아'
하고 소리를 내며 심호흡을 하고는 이내 마음을 진정시키고 말을
이었다.

“대구에서 일어난 지하철 화재사건 알죠? 많은 사람들이 그 놈
때문에 죽었어요.”

기억이 났다. 바로 지금처럼 추운 겨울 날. 대구 지하철 차량에서
한 남자가 갑자기 지른 불이 눈 깜박할 새에 퍼져 수많은 사람들이
희생되었다는 그 사건.

“우리 집사람과 네 살 된 딸아이도 거기 타고 있었어요. 난 그때
너무 바빠서…, 마지막으로 식구들과 이야기하고 밥 먹은 게 언제
였는지…. 마지막 한마디는 커녕 뼈까지 완전히 타서 재가 되어버
려….”

내가 계속 서 있는 것을 겨우 알아차린 듯, '앉아요'라고 권하고
는, 자판기를 가리키며 '커피 드시겠어요?' 한다. 나는 두 가지 제
안 모두를 사양했지만, 그 남자는 내 대답이 '예'이건 '아니오'이건
아예 안중에도 없었다. 자판기에 동전을 넣고 커피 두 잔을 뽑아
왔다.

“드세요.”

김이 모락모락 오르는 종이컵을 받고 나는 고맙다는 인사를 하며
앉았다. 나는 앉기도 싫었고 커피를 마시기도 싫었다. 내 의지와

상관없이 난 벤치에 앉아 커피를 마시고 있었다.

"나는 몇 번이나 그 화재현장을 찾아 갔어요. 그때마다 승강장에는 슬픔에 한탄하는 사람들 곡소리와 꽃들, 그리고 분향냄새로 가득했죠. 그때, 그때 말이죠, 집사람 목소리가 들려왔어요. 우릴 찾아달라고. 나는 그때 깨달았죠. 나는 두 사람을 찾기 위해서 살고 있다는 것을. 당장 일도 그만두었죠. 그건 내가 할 일이 아니니까요. 이후로 여기저기 묘지를 돌아다니며 두 사람을 찾았는데. 아직 못 만났어요. 숙명적인 일이 2년이나 그 정도로 이뤄질 리 없잖아요. 하하하…"

그가 웃자 심한 악취가 코를 찔렀다. 나는 놀라서 그를 바라봤다. 냄새는 그에게서 풍겨나는 것이었다. 조금 전까지 말쑥하고 깔끔하던 남자의 모습이, 더러움으로 얼룩진 얼굴에, 여기저기 헤져 걸레같이 지저분한 코트, 기름때로 엉겨붙은 머리, 그리고 광기어린 눈빛으로 변했다. 나는 놀라서 종이컵을 떨어뜨렸고, 그 자리에서 일어나려 했다. 그때 악마같은 긴 손톱이 다가와 내 손목을 잡고,

"당신도 그렇죠?"

나는 고개를 세게 흔들고 도망치려 했지만, 그는 손에 더 힘을 주었다.

"당신도 찾으러 왔죠?"

나는 온몸의 힘을 두 팔에 실어 그 남자의 손을 뿌리치고 언덕을 내려 역을 향해 정신없이 뛰어갔다.

이훈 단편소설집

* * *

　합정역 화장실에서 나는 한참 동안 손을 씻었다. 거울 속 내 옆으로 비치는 얼굴들이 몇번이고 바뀔 때까지 나는 계속 손을 씻었다. '아니야, 아니야'라고 중얼거리면서…. 그리고는 화장실에서 나와 지하철을 탔다. 합정역 다음 역인 홍대입구에서 큰 피켓을 든 아주머니가 탔다.

　"예수님 믿으세요, 믿으면 천국, 안 믿으면 지옥. 영혼은 영원!"
또 시작됐다. 천국, 지옥, 영원. 그런 엉터리 같은 것에 홀린 사람들. 불쌍한 사람들. 아주머니의 목소리가 지하철 안에서 허무하게 울려 퍼진다.

　"예수님 믿으세요, 믿으면 천국, 안 믿으면 지옥. 영혼은 영원!"
고개를 숙이고 있었더니 그 아줌마가 어느새 앞에 서서 나를 향해 외쳤다.

　"죽음에 떨지 말라. 왜냐하면 영혼은 영원한 것이니까. 하나님의 사랑은 위대하다."
나의 마음속을 비집고 들어오려는 그 칼칼한 목소리가 참을 수 없어서 눈을 감고 두 손으로 귀를 막았다.

　눈을 떴더니 내려야 할 곳을 벌써 지나쳐 을지로입구역에 들어서고 있었다. 예수쟁이 아줌마도 중간에서 내렸는지 보이지 않았다. 옆칸으로 갔을지도 모르지만, 그런 건 상관 없었다. 나는 을지로입구에서 내려 딱히 갈 데도 없이 관광객으로 붐비는 명동거리를 걸었다. 걷다 보니 명동성당 앞이었다. 붉은 벽돌로 지어진 성당 앞을 지나 뒤편에 있는 성모상을 보러 갔다. 성모상 옆에는 촛대가 있어서 촛불이 여러 빛깔로 흔들리고 있었다. 나도 이 천원을 넣고 푸른색 초를 골라 불을 붙였다. 내가 붙인 촛불도 다른 촛불처럼 하늘하늘 흔들리고 있었다. 성모상은 저 멀리 어딘가를 바라보고 있었다. 나는 벤치에 앉았다.

* * *

남동생은 1년 전에 죽었다. 마침 일본집에 가 있던 나는 동생이 외출하는 뒷모습을 배웅했다. 언제부터인지 집에만 박혀있던 동생이 오랜만에 스케치북을 들고 나서려는 때였다. 쭈그리고 앉은 채로 구두를 신고 일어서자 주머니에서 휴대폰이 떨어졌고, 내가 그것을 주워 건네 주었다.

"고마워."

그것이 이 세상에서 남동생한테 들었던 마지막 한 마디였고, 그가 세상에 남긴 마지막 한마디일 것이다. 그날 밤 남동생이 인적 없는 으스스한 숲 속에서 발견되었다. 낙엽이 떨어져 쌓인 흙 위에, 알몸이 되어 버려 갑자기 늙어버린 나무들에 둘러싸여, 자궁 속에서 출생을 기다리는 태아처럼 몸을 웅크린 모습으로. 초재(初齋)를 마치고, 나는 서둘러 남동생의 죽음으로 가득한 집에서 도망쳤다. 그래도 지금도 때때로 남동생의 죽음이 나의 밤 시간을 엄습해 온다.

이훈 단편소설집

* * *

　나는 성모상을 뒤로 했다. 성당옆에 위치한 부속 여학교 교문에 걸린 교훈이 눈에 들어왔다.

　'서로 사랑합시다.'

나는 또 도망쳤다.

　다시 을지로입구 역에 돌아와 지하철을 기다리고 있었다. 승강장 가판대 앞에 거지가 있었다. 넥타이를 매고 언제 입고 안 갈아 입었는지 꾀죄죄하게 더러워진 양복을 입고 있다. 묘지언덕 위 휴게소에서 본 남자가 생각날 것 같아, 이내 고개를 젓고 다른 생각을 하려고 했다. 가판대쪽을 바라보니, 그 남자가 이쪽으로 걸어오고 있었다. 나는 허둥지둥 승강장 앞쪽으로 이동했다. 더 이상 갈데가 없다. 남자는 주위에 있는 사람들에게 손을 벌려 구걸하면서 거리를 점점 좁혀오고 있었다. 나는,

　'하나님, 빨리 열차를…'

하며 마음으로 외쳤다.

　'하나님?'

나는 그런 거 안 믿는데. 전혀 기대하지도 않는데…. 그때 열차가 승강장 안으로 미끄러지듯 들어왔다. 문이 열린 순간 나는 마음이 놓였다. 그 남자의 모습이 갑자기 안 보인다 했더니, 아니 더러운 이불까지 들고 같은 칸에 타는 것이었다. 나는 문이 닫히려는 순간 서둘러 뛰어 내렸다. 문이 닫혔고 열차는 천천히 움직이기 시작했

고 내 앞을 지나갔다. 남자는 이불을 안은 채 창 밖으로 얼굴을 대고 나를 째려봤다. 나는 아무렇지도 않은 듯한 표정을 지어보였다.

* * *

그날 밤. 친구한테서 휴대폰에 문자 메시지가 왔다.
'오늘 뭐했어?'
'합정에 있는 외국인 묘지에 갔다 왔어.'
'너 술 마셨니?'
'거기서 귀신들과 같이 즐겁게 얘기 나눴다.'
'흐흐흐. 많이 마셨나 보네.'

* * *

외국인묘지의 무덤들이 각각의 가슴에 새긴 말들은 사랑, 희망, 영원, 영광, 그리고 하나님이었다. 그들 모두는 한강을 바라보고 있었다. 언제나 차가 막혀 매연으로 가득 찬 고속도로. 세균이 증식하듯 늘어만 가는 고층빌딩. 사람과 사물의 냄새가 뒤섞여 고요함의 흔적조차 찾을 수 없는 도시. 그런 서울의 변화에 동요하지 않고, 예전처럼 유유히 흐르는 한강. 묘지가 바라보고 있는 것은 시작도 끝도 없이 앞으로도 그대로일 한강일까? 아니면 혼돈이 깊어만 가는, 한강을 둘러싸는 것들일까?

이훈 단편소설집

수상한 병동 보름밤

성묘 다녀오라는 어머니 말에 떠밀리듯 나는 열차를 타고 묘가 있는 절로 향했다. 11월 들어 화창한 날씨가 계속되었지만, 하필이면 성묘 가는 날에 갑자기 하늘이 어두워졌다. 열차를 기다리는 동안 나는 이따금 하늘을 원망스러운 듯 노려봤다. 하지만 아무리 노려본다 한들 잿빛하늘은 그대로였다. 우울하고 무거운 하늘 그대로.

"왜 그렇게 촌스러운 거니?"

"정말 재수 없어."

앞에 서 있는 두 사람의 대화. 방금 말을 배운 앵무새마냥 같은 말을 기계적으로 되풀이하고 있었다.

'왜 그렇게 촌스러운 거니?'

'정말 재수 없어.'

열차를 기다리는 동안 눈에는 잿빛하늘, 귀에는 '왜 그렇게 촌스러운 거니?', '정말 재수 없어.'라는 말 때문에 마음이 더욱 어두워졌다. 앞에 서 있던 한 사람이 다 마신 빈 커피캔을 주위의 시선에 신경을 쓰며 살짝 소리나지 않도록 바닥에 내려 놓았다.

'그러는 너희들이 더 재수 없다!'

이렇게 마음 속에서 외치는 순간,

'아니, 재수없는 건 나도 매한가지지.'

라는 생각에 다시 하늘을 쳐다보고는 한숨을 내쉬었다. 열차가 역으로 들어 왔다.

* * *

나는 3개월 정도 한 대학부속 병원에 입원한 일이 있다. 갑자기 높은 열이 나 집근처에 있는 작은 병원에서 진찰을 받고 감기약을 먹고 얌전히 잠만 잤는데도 구토와 설사증세는 좀처럼 호전되지 않았다. 처음 입원한 병원에서는,

"세균성 장염 같아요. 열도 있으니까 입원하는 게 좋겠어요. 검사해 봅시다."

라고 했다.

입원 첫날부터 CT검사를 받았다. 염증의 정도를 보기 위해 이틀에 한 번 혈액검사도 했다. MRI검사도 받는데, 그때는 검사실로 들어가기 전, 막 검사를 마친 한 여자가 울고 있어서 무서운 생각이 들었다. 그 여자의 '무섭다'는 기운이 공기의 파동을 뚫고 내게 전염된 듯했다.

"누우세요."

슬리퍼를 벗고 침대 위에 누웠다. 손도 발도 순식간에 차가워졌다. 검사기사 두 명이 능숙한 손놀림으로 내 몸을 벨트로 묶었다. 이젠 도망갈 수 없다. 귀에 끼워진 헤드폰에서는 지금 내 상황과는 전혀 다른, 가벼운 클래식 음악이 흐르고 있었다. 그들은 노란색 수건으로 내 몸을 덮어 주었다.

"시간이 좀 걸리지만, 괜찮으니까 안심하세요. 뭔가 이상 있으시면 이 벨을 눌러 주세요."

손에는 마이크 같은 것이 쥐어졌다.

침대가 움직이고 덜덜 소리를 내면서 캡슐처럼 생긴 기계 안으로 빨려 들어간다. 차분한 음악으로 외부와 차단되어 버린 나의 몸. 바깥 세상과 사뭇 다른 느낌에 공포심마저 들었다. 침대차 위에 누운 채 화장로(火葬爐) 속으로 사라지는 관이 되어버린 느낌. 나는 좁은 공간 안에서 눈을 감았다. 헤드폰에서 들려오던 부드러운 음악은 공장에서 울리는 드릴소리 같은 격렬한 소리에 압도되어 점점 사그라 들고 있었다. 나는 크게 심호흡을 했다. 순간 손에 쥐고 있던 비상벨이 떨어지고 말았다.

* * *

열도 내리고 구토와 설사도 멈췄지만 원인은 알 수 없었다. 작은 병원의 의사는 두 손들었다는 듯이 힘없는 미소를 지어 보이며 조심스럽게 말을 고르면서 대학병원으로 옮기는 것이 좋겠다고 했다.

나는 울었다. 사람들 앞에서 우는 것이 한심스러웠다. 이블 위에 눈물이 뚝뚝 떨어져 얼룩이 생겼다. 예상치 못한 나의 눈물에 의사는 동요했다.

"괜찮아요. 걱정하지 말고. 대학병원에는 최신 정밀 검사기기가 많으니까 바로 알 수 있을 겁니다. 그리 심각하지 않을 테니 걱정 마세요."

그 '아닐 테니'라는 상황이 내게는 괴로웠다. 갑자기 모른다는 불안감에 나는 당혹스러워하는 의사 앞에서 계속 울었다.

* * *

그 병원에서 찍은 MRI와 CT검사, X레이 사진을 갖고 나는 대학병원으로 옮겼다. 11층에 있는 내과 병동이었는데, 대학병원은 작년에 개축한 터라 병원이라기 보다는 호텔 같은 느낌이 들었다. 지하에는 편의점, 미용실, 은행까지 있었다. 버림받은 듯한 우울한 마음으로 택시에 몸을 실어 대학병원으로 온 나는 바로 마음이 밝아졌다. 뭐라 해도 대학병원이다. 곧바로 원인이 밝혀질 테고, 그러면 곧 바깥 세상으로 돌아갈 수 있을 거야. 마음이 가벼워졌다.

모두 좋아질 거야. 나는 마음을 고쳐 먹고 이전에 찍은 필름과 검사보고서를 젊은 의사에게 건네었다. 의사는 증상에 대해 여러가지 물어보았고, 나는 거기에 하나씩 또박또박 대답했다. '음, 음' 조용히 끄덕이는 의사는 충혈된 눈에 혈색 없는 창백한 얼굴이었

이훈 단편소설집

다. 가운은 구겨져 있었고 머리는 언제 이발했나 싶을 정도로 덥수룩했다. 어디에 홀린 사람처럼 생기가 없었다. 혹시 내 얘기를 그냥 건성으로 듣는 것은 아닐까 의심스러웠다.

"그러니까 검사를 중복해서 할 것 없이, 그 필름을 이 병원 의사 선생님께 건네드리라고 해서 받아 왔어요."

"그렇군요."

그는 필름이 든 큰 봉투를 감싸 안은 채,

"내일 우선 CT검사를 하고. 모레는 위 내시경, 그 다음날은 MRI 하고…."

그럼 내가 건넨 봉투속 필름은? 나는 눈을 크게 뜨고,

"그 필름은요?"

젊은 의사는 미간을 찌푸리면서,

"사람 몸이라는 것은 매일, 매 시간마다 변합니다. 지난 검사와 비교하기 위해서라도 같은 검사를 할 필요가 있어요."

"네, 알겠습니다."

나는 석연치 않은 마음이었지만, 이렇게 대답했다. '환자'인 나와 눈높이를 맞추기 위해 구부정한 자세로 이야기하던 의사가 일어섰다. 그러자 그는 뒤로 넘어질 듯 휘청하더니 침대 선반을 붙잡았다.

"괜찮으세요?"

내 말에는 대답도 없이, 그는 메마른 시선으로 말했다.

"둘째 주치의 선생님이 오늘 저녁쯤 몇 가지 여쭤보러 올 겁니다."

"둘째요? 그럼 선생님은요?"

그는 눈을 지그시 누르면서,

"저는 셋째죠."

라며 아직 어지럼증이 안 가셨는지 흐느적거리며 방을 나갔다.

* * *

예고된 대로 둘째 주치의가 찾아왔다. 셋째 선생보다 혈색도 좋고 머리 모양새도 단정한 모습이었다.

"자. 처음에 증세가 어땠어요?"

갑자기 구토가 나고, 열이 나고, 배가 아프고…… 이런 말들을 되풀이하는 일이 조금 지겨워졌다.

"갑자기 구토가 나고 열이 나고 배가 아프고, 아무것도 못 먹었더니 한밤 중에 몸이 침대 위에 붕 뜬 적도 있어요…. 아, 이건 농담이고요."

표정 하나 달라지지 않는다. 셋째 선생과 마찬가지로 흠흠, 하며 기계적으로 끄덕일 뿐이었다.

* * *

고급호텔 같은 대학병원으로 옮긴 이튿날부터 나의 검사생활이 시작되었다. 첫날은 CT촬영. 보이지 않는 칼로 내 몸이 쓱쓱 채로 썰리는 느낌이었다. 그다지 유쾌한 기분은 아니었다. 혈액검사는 이틀에 한 번. 날이 밝자 마자 의사가 된 지 얼마 안 된 젊은 셋째 의사가 채혈을 하러 왔다. 고무튜브로 팔을 꽉 묶고는 가볍게 탁탁 친다. 매번 두 세 번은 혈관을 못 찾아 실수를 했다. 내 혈관이 유난히 가늘다는 것이다. 팔에는 바늘자국이 늘어갔다. MRI는 역시 싫었다. 버젓이 살아 있는데 마치 시체가 된 느낌이 들었다. 검사를 마친 후 그날 오후는 계속 우울했다. 위 내시경 검사도 했다. 이건 그래도 좀 괜찮은 편이었다. 예전에는 굵은 튜브를 써서 검사하는데 애를 먹었다고 어머니한테 들은 기억이 있다. 지금은 기술이 좋아져 작고 가느다란 튜브를 써서 그런지 위 내시경은 거뜬하게 들어갔다. 하지만 대장 내시경은 영 아니었다. 염증 때문에 좁아진 S자 결장 부분을 살펴보기 위한 검사였다. 위 내시경은 입으로 넣었지만, 대장 내시경은 항문으로 카메라를 넣는다. 나는 3일 전부터 검사날을 카운트 다운했다. 검사 전날은 하루 종일 기분이 어두웠다. 검사 전날 나왔던 이유식같이 묽은 식사 때문에 마음이 더더욱 우울해졌다.

드디어 검사날이 왔다. 내시경 검사실에 들어가니 간호사가 검사 가운을 건네 주었다. 탈의실의 커튼을 닫고, 종이로 만든 1회용 팬티를 펼쳤다. 그때 커튼 뒤에서 간호사의 탱탱한 목소리가 들려왔다.

"팬티는요, 구멍 있는 쪽이 뒤예요."

팬티를 펼쳐 들었던 손에 힘이 빠졌다. 갑자기 마음이 불안해졌다. 뒤에 구멍이 난 팬티를 입고 검사가운을 걸친 후 검사실로 갔다. 길쭉한 침대 주위에는 뭐가 뭔지 알 수 없는 기계들로 가득했다. 그리고 검사실은 한쪽벽이 유리로 되어 있어서, 바깥에서 마음대로 들여다 볼 수 있게 되어 있다.

"자, 옆으로 누우세요."

큰 마스크를 쓴 간호사가 능숙하게 나를 침대에 눕히고는 손가락에 혈압계를 끼웠다. 수액 주사바늘을 꽂을 때도 그녀는 아무 망설임 없이 한 번에 성공했다. 그에 감탄하고 있을 때 큰 마스크를 쓴, 둘째로 보이는 의사가 다가와서는,

"S자 결장부분이 너무 좁아서 카메라가 들어 갈 때 아플 수도 있으니, 수액에 졸음이 오는 약을 좀 넣겠습니다."

내 대답을 듣기도 전에 이미 넣은 것 같았다. 눈 앞에 보이는 시계가 달리의 그림처럼 괴기스럽게 변해간다. 의식이 몽롱해졌다. 둘째 의사가 뒤에서,

"그리고, 오늘 검사는 실습하러 의대생들도 견학하게 됩니다. 양해해 주십시오."

내 엉덩이를 의대생들이 본다니…, 수치심이 치밀어 올라왔지만, 수액에 들어간 졸음 오는 약은 그러한 수치심조차 짓누르고 말았다. 기이한 모습으로 흔들거리는 시계를 보고 있자니 뒤에서 낯선 목소리가 들렸다.

"○○라고 합니다. 제가 환자분 담당의사죠. 그럼 시작하겠습니다."

'아, 드디어 첫째가 왔구나' 하고 생각한 순간 내 몽롱한 의식은 갑자기 현실로 되돌아왔다. 몸 안에 격렬한 통증이 밀려왔다. 꼬챙이로 찌르는 듯했다. 내가 뭘 잘못했단 말이냐? 아니, 죄가 많긴 하지. 아무튼 용서를 빌어야지, 미안합니다. 근데 누구한테 빌어야 하는 거지? 아픔에 몸부림치는 나의 팔로 조금씩 마취액이 들어왔다. 하지만 아픈 건 그대로였다. 그런데 신기한 일은 검사가 끝나면 그 통증은 단면적인 기억으로만 남는다는 것이다. 나는 그날도 밤에 잠이 들 때까지 우울한 기분이었다.

대학병원으로 옮겨온 지 2주가 지나, 학회 때문에 출장 가고 없는 첫째를 대신하여 둘째 의사가 들려주는 검사결과를 부모님과 같이 들었다. 둘째는 우리에게 MRI 사진, CT 사진 같은 것을 보여주며, 그게 당연히 나인 것처럼 설명했지만, 내 눈에는 그냥 구름의 움직임을 찍은 일기도 같기도 해서, 그의 설명을 마치 남의 이야기인 양 들었다.

"따님은 보통 사람과 몸 구조가 달라요. 이전 병원에서 그 사실을 처음 들으셨다죠? 태어날 때부터 신장이 하나밖에 없다는 걸."
신장이 하나밖에 없다…. 뭔가 특출한 사람이라는 것 같아 기뻤다.
'조심하셔야 하는 건, 우선 소변을 참지 마시고요. 그리고 다른 사람한테 절대 신장이식 같은 거 하지 마십시오. 하나밖에 없으시니까요' 전에 입원한 병원 비뇨기과 의사가 내게 신의 계시라도 내려주는 듯, 비장한 표정으로 말한 적이 있다.

"그리고요. 대장형태. 이것도 보통 사람하고는 달라요. 그리고 자궁 말씀인데, 자, 잘 보세요. 하트모양이잖아요? 이게 자궁쌍벽이라는 건데, 그러니까 쉽게 말씀 드리면, 자궁이 두 개라고 생각하시면 됩니다."

나는 더욱 신이 났다. 그만큼 특별한 사람이란 말이니까.

"아니, 두 개라뇨. 그럼 임신이 잘 된다는 말씀인가요?"

"아뇨. 그 반대입니다. 가능성이 낮아지죠."

라며 너무나도 쉽고 야멸차게 대답했다.

그는 내 일기도의 아래 부분, S자 결장을 가리키면서,

"이 부분의 협착, 그러니까 좁아진 부분 말인데요, 왜 협착이 생겼냐 하면, 이 부위에 염증이 생긴 게 틀림없습니다. 염증수치가 처음 오셨을 때보다는 훨씬 낮아졌지만, 아직 더 입원하셔야 할 것 같습니다."

나는 기운이 빠졌다. 이 병원으로 온 지 벌써 두 주. 지하 편의점 물건들도 지겨워졌고, 6층 정원도 지겨워졌다.

"어쩌면…… 장결핵일 가능성도 있어요."

장에 결핵이라고? 놀라 입을 다물지 못하는 우리 가족 앞에서 시종일관 로봇 같았던 둘째는 자리에서 일어나,

"그럼, 퇴원은 한 열흘 후쯤이라고 생각하시고요. 장결핵일 가

능성이 말끔히 부정되면, 외출허가를 해드리겠습니다."
하고 눈을 두 번 깜빡였다. 그 깜빡임도 로봇 같았다.

* * *

장결핵일 수 있다는 의혹은 간단히 풀렸다. 투베르쿨린 주사 같은 건 20년 만에 맞아본다. 어떤 병일 의혹이 생겼다가 없어지고, 또 다른 병에 대한 의혹이 생기는, 그렇게 반복되는 상황이 점점 지긋지긋해졌다. 나는 언제까지 여기 있어야 하는 건가. 텔레비전을 켜놓은 채, 멍하니 흰 천정을 바라보고 있는데, 셋째 의사가 늘 그렇듯이 핏기 없는 얼굴로 들어왔다.

"이번 주말에 퇴원예정이고, 그 후는 통원치료해야 합니다."
드디어 이곳을 빠져나간다! 몸 속으로 신선한 산소가 한 가득 들어오는 것처럼 마음이 후련해졌다.

"그리고 내일부터 외출하실 수 있으니, 간호사에게 외출 신청하고 나가셔도 됩니다."
나는 대답 대신 활짝 미소를 지어 보였다. 셋째는 그런 나의 반응에는 상관없다는 듯, 나른한지 눈두덩이를 꾹꾹 누르면서 가버렸다.

셋째는 오늘도 피곤한 모양이다. 괜찮을까? 병원을 떠나면 다시는 볼 일이 없을 사람까지 걱정하는 그런 여유까지 솟아났다. 설레는 마음으로 나는 침대에서 뛰쳐나와, 나처럼 제대로 된 직장은 없지만, 점심을 같이 먹고 차를 마실 만한 경제적, 공간적, 시간적

여유가 있는 친구에게 연락을 했다. 그리고 바로 다음날로 약속을
잡았다.

* * *

근 한 달만의 외출이다. 병원을 나와 구름 한 점 없이 화창하게
갠 하늘, 상쾌한 바람에 나는 놀랐다. 입원한 것이 매미가 울어대는
7월 말이었는데, 바깥 세상은 내가 병원에서 매일같이 검사를 받는
동안, 정말 많이 변해 있었다. 오랜만에 접하는 인파에 하마터면 셋
째 의사처럼 현기증이 날 것 같았지만, 나는 몹시 흥분했다.

앞에서 뒤에서 밀려드는 사람 물결 속으로 빨려들 듯 나는 힘차
게 1인 행진을 하며 약속장소로 갔다. 피자 뷔페 레스토랑에서 친
구와 원숭이처럼 꺅꺅 괴성을 질러대며 수다를 떨었다. 한 조각,
두 조각, 세 조각……여섯 조각 피자를 먹고 스파게티에 콜라, 감
자튀김까지. 또 다시 빈 접시를 들고 피자를 가지러 가고…. 마음
껏 먹고 이야기도 나누며 오랜만에 해방감을 즐겼다. 그런데 즐겨
도 너무 즐겼나 보다.

다음 날 다시 외출금지 명령이 떨어졌다. 사흘 동안 병동 밖에
나가는 것조차 허락되지 않았다. 갑자기 지나치게 많이 먹어서인
지, 장폐색을 일으키고 말았다. 보통은 약으로 금방 낫는다는데,
나는 S자 결장 협착이라 약으로는 듣지 않아 하루 세끼 식사 대신
영양소가 담뿍 들어간 수액을 맞아야 했다. 그 상태로 대장이 운동
할 때까지 기다릴 수 밖에 없었다. 2주에 달하는 단식생활. 둘째도

셋째도 왜 장폐색이 왔는지 팔짱을 끼고 고개를 갸우뚱하며 알 수 없다는 표정을 지었다. 이상할 것도 없었다. 피자조각을 무려 12 조각이나 먹었으니…. 해방감을 과도하게 만끽한 것이 원인인 것이다. 하지만 나는 '좀 많이 먹었나 봐요.'라고 말했을 뿐, 엄청나게 먹어댔다는 말은 도저히 창피해서 말할 엄두가 나지 않았다.

장폐색이 어느 정도 가라앉자 또다시 검사의 나날이 시작되었다. X레이, 혈액검사, 그리고 카메라가 들어가지 않아 포기했던 대장 내시경 검사, 거기에 이번에는 새롭게 소장 내시경 검사까지 받았다. 그 소장내시경 검사라는 것이 정말 고통스러웠다. 작년에 새로 개발된 기계라, 그 병원에서도 검사 받는 것은 내가 21번 째라고 했다.

"자, 입을 벌리세요."

끝에 전구가 달린 고무관 같은 것을 손에 들고, 얼굴의 대부분을 마스크로 가린 채 눈만 번뜩거리는 남자가 다가왔다. 목소리로 그가 첫째임을 알았다. 고무관을 억지로 내 입에 쑤셔 넣었다. 목이 메어 바둥거렸다. '좀 참으세요.'라는 말이 점점 멀어지고 나는 목 메고 바둥거리며 잠에 빠져들었다.

"자. 끝났어요."

라는 말에 눈을 떴다. 잠에서 깬 순간, 뇌로부터 전달된 괴롭다는 신호에 눈물이 맺혔다. 흑흑 소리 내어 울고 싶었지만 왜 괴로웠는지 알 수 없었다. 그냥 괴롭다는 감각이 파도처럼 끊임없이 밀려올

뿐이었다. 원인을 알 수 없는 괴롭다는 감각 때문에 당황해 하는 나에게 둘째는 고무장갑을 벗으면서 말했다.

"1시간 반쯤 걸렸네요. 주치의 선생님이 소장이 깨끗하다고 하시던데요."

검사대에서 내려온 나는 아직 혼란 속에 있었다. 그런 모습을 보고 '둘째'는 내가 '첫째'를 찾고 있는 것으로 착각했는지,

"주치의 선생님은 다음 검사가 있어서…. 바쁘신 분이죠."

라고 말했다. 나는 가볍게 끄덕이고 몽롱한 채로 검사실을 나왔다.

* * *

대학병원에 입원한 지 한 달 이상 흘러, 생활리듬도 어느새 규칙적으로 되었다. 6시에 병동 내에 불이 켜짐과 동시에 일어나, 지하 편의점에 가서 두유와 커피를 샀고, 무슨 재미있는 잡지가 있으면 샀다. 아침 식사는 8시. 그 전에 이틀에 한번 혈액검사를 받았다. 검사가 없는 날에는 오전 내내 텔레비전을 보거나 마음에 든 잡지 기사를 오려서 스크랩북을 만들었다. 10시 반쯤 다시 편의점에 커피, 즉석 된장국을 사러 갔다. 12시에 점심. 오후가 되면 다시 텔레비전을 보거나 스크랩북을 만들거나 책을 읽었다. 3, 4시쯤에는 가족이나 친구가 문병하러 왔다. 많은 시간을 혼자 지내는 나는, 내가 위로 받아야 할 입장인데도 오히려 문병 온 사람들에게 차를 내거나 병원 생활에 대해 부풀려 얘기하며 찾아 온 이들을 즐겁게

하려 했다. 6시에 저녁식사. 그리고 나서 다시 텔레비전을 보거나 멍하게 앉아 있다 보면 10시 소등시간이다. 1인실이라 소등시간이 지나도 텔레비전을 보거나 침대옆 스탠드를 켜고 책을 읽다가 잠자리에 들었다. 이렇게 날마다 규칙인 생활을 보냈다.

어느날, 점심 전에 커피와 즉석 된장국을 사러 편의점에 갔더니 휠체어를 탄 한 여자아이가 요구르트와 푸딩이 진열된 곳에서 뭘 살까 고민하고 있었다. 중학생이나 고등학생쯤으로 보였다. 긴 머리에 피부가 뽀얀 예쁘장한 얼굴이었다. 그녀가 조금 높은 곳에 있는 푸딩을 집으려 푸딩과 담요가 동시에 바닥에 떨어졌다. 나는 그녀에게 다가가 주저 앉아 푸딩과 담요를 주웠다. 나는 앉은 채로 그녀에게 건네주었고 그녀는 수줍은 듯 미소를 지으며 작은 목소리로 고맙다고 말했다. 그때 문득 그녀가 탄 휠체어를 보니 몸이 의자에서 조금 떠 있는 것 같았다. 나는 잘못 본 줄 알고 다시 살펴보려는데 그녀는 일부러인지 어떤지 모르겠지만 그냥 담요로 자신 몸을 덮고는 푸딩을 들고 계산대로 갔다. 나도 늘 마시는 커피를 골라 들고 그녀의 뒤에 섰다.

우리는 같은 엘리베이터에 탔다. 엘리베이터 안에는 우리 두 명뿐이었다. 아무말 없이 우리는 같은 공기를 마시고 있었다. 8층에서 엘리베이터가 멈추고 그녀는 내 쪽은 한번도 돌아보지 않은 채 내렸다. '8층은 무슨 병동이더라?'라며 표지판을 올려봤다.

'특별 병동'

이 대학병원에는 특별 병동이 두 군데 있었다. 8층과 18층. 엄밀하게 말하자면 8층은 한글로 된 '특별' 병동이고 18층은 한자로 된 '特別' 병동이었다. 그전부터 뭐가 다른지 궁금하던 참이었다. 그 휠체어에 탄 소녀는 '특별'병동 환자였다.

'특별병동이라…. 이따가 간호사한테 물어봐야지'

11층에서 엘리베이터가 멈추고 문이 열렸다. 문이 다시 닫히려고 했을 때 골똘히 생각에 빠져 있던 나는 서둘러 열림 버튼을 누르고 엘리베이터를 내렸다.

* * *

점심을 먹고 한 시간 정도 지나니 간호사가 혈압과 열을 재러 왔다. 점심은 얼마나 먹었는지, 변은 제대로 봤는지 등을 물어본다. 아침마다 하루 동안 화장실에 몇 번 갔냐는 질문을 받았지만 나는 언제나 7,8번쯤이라고 대답했다. 처음에는 대충 대답하는 것이 조금 찔리기도 했지만, 이제는 완전히 무감각해져서 세어 볼 생각도 하지 않는다. 간호사가 매일 늘 하는 의식(儀式)을 마치고, 별 문제 없죠? 하며 나가려 할 때, 아까 그 여자아이가 떠올라,

"여기는 특별병동이 두 개 있잖아요. 하나는 한글로 된 것. 또 하나는 한자로 된 것. 어떤 차이가 있나요?"

언제나 미소를 짓는 그녀의 얼굴에서 웃음이 가시고 나의 얼굴을 똑바로 봤다. 나는 뭔가 큰일 날 일을 입에 담은 것 같아 당혹스러

웠고 미소를 되돌리기 위해 농담하듯,

"아니, 아까 8층에서 내린 휠체어를 타는 소녀를 봤는데. 몸이 의자에서 떠 있는 것처럼 보였거든요. 후후후 말도 안되죠?"

간호사는 동상처럼 표정이 더 굳어져서 나가버렸다. 뭔가 찜찜한 느낌이 남은 채로 혼자가 된 나는 창문을 조금 열고 기분전환을 위해 라디오 체조를 두 번 했다. 그리고 스크랩 북 만들기에 열중했다.

* * *

그날 저녁식사 후, 둘째와 셋째가 비장한 표정으로 들어왔다.

"내일 가족 분께 말씀드릴 것이 있는데요."

나는 갑자기 두려워져 무슨 일이냐 물었다.

둘째는 두 손을 배 앞으로 깍지 낀 채,

"여러 가지 검사를 해봤는데 좋은지 나쁜지 판단이 어려워서⋯. 분명치 않은 점이 많아서요. 그러니까 내과 진료뿐 아니라 종합적으로 진단을 해야 할 것 같습니다. 다른 병동으로 옮기시는 게 좋겠다고 판단했어요."

나는 더 심각한 것인 줄 알았는데 안심이다. 더 무서운 것, 그러니까 암이라든가, 수술을 받는다든가 하는 것 말이다. '분명치 않다.' '모른다'에 대한 두려움의 감정이, 그 당시에는 날마다 계속되는 검사 때문에 완전히 마비되어 있었다.

나는 안도의 표정으로

"그럼 몇 층에 가는 건가요?"

라고 물어봤다. 갑자기 현기증을 느끼는 셋째의 어깨를 부축하며 서둘러 밖으로 나가려던 둘째는

"8층."

이라는 말을 뱉고는, 관자놀이를 누른 채 눈을 감고 있는 셋째를 데리고 나가버렸다.

다음날 오전에 나는 그 휠체어를 타는 여자아이가 있는 8층 '특별병동'으로 옮겼다. 그 병동에 있으면 내과뿐 아니라 종합적인 검사나 진찰을 간편하게 받을 수 있다는데, 내과에 있었을 때도 나는 산부인과나 비뇨기과 진료를 받은 일이 있다. 병동을 옮기기 전에 유독 잘 챙겨주던 나이 많은 간호사가,

"괜찮아요. 신장이 하나밖에 없는 사람이 드물긴 하지만 그래도 아주 없는 건 아니니까요. 우리 친척 조카 중에는 모든 장기가 좌우 거꾸로인 아이도 있다고요. 아직 수상한 병으로 진단 내려진 게 아니니까…."

내가 네? 하며 되물어봤지만 그 간호사는

"아니, 아무것도 아니예요. 괜찮아요. 괜찮아…."

라고 '괜찮아'를 반복하면서 서둘러 간호실로 되돌아갔다.

* * *

'특별병동'은 별로 특별하지 않았다. 간호사도 11층 내과 간호사

이훈 단편소설집

와 별로 차이가 없었다. 병실의 크기도 설비도 똑같았다. 병동 끝에 있는 샤워실도 세탁실도 별반 다르지 않았다. 병동을 옮겨 오자 간호사가 지금까지의 증세, 경과에 대해서 물어보러 왔다.

"갑자기 구토가 나고요. 열도 나고 배가 심하게 아프고…. 그리고 몸이 붕 떠올랐어요."

간호사는 놀라는 기색 하나 없이 끄덕이면서 진료기록카드에 '몸이 떠올랐다.'고 적었다. 나는 그것을 보고 당황해서

"아니, 농담이에요. 몸은 떠오르다니, 그럴 리가 없잖아요?"

간호사는 졸리는 듯한 눈으로

"그럼, 떠오르지 않았다는 거죠?"

라고 확인했다. 당연하잖아. 왜 그런 당연한 걸 재차 확인하는 건지, 혹시 날 놀리려 그러는 건가 싶어 고개를 끄덕였다. 그녀는 진료기록카드에 썼던 '몸이 떠올랐다.'를 두 줄로 지웠다.

'특별병동'에 옮겨 온 지 3일, 4일이 지나고, 그전 내과병동과 별반 차이 없이 하루 하루가 지나갔다. 다시 CT검사, MRI, 혈액검사를 받았다. 다시 대장, 소장 내시경 검사를 받아야 할 생각을 하면 기분이 우울해졌다. 가끔 둘째가 왔다. 한번 새로운 여의사 셋째를 데리고 회진하러 왔다. 안색 안 좋던 셋째는 혹시 휴직했나 싶었지만 그의 인생이 어떻게 되든 별로 상관없는 나는 새로운 셋째를 소개 받았을 때도 그 셋째에 대해서는 말하지 않고 그냥 잘 부탁한다는 인사만 했다.

5일째 되는 날, 아침 식사를 마치고 쟁반을 간호실 옆에 있는 선반에 놓았을 때 갑자기 이상한 예감이 들었다. '특별병동'에 옮겨온 후 식기를 반납하기 위해 나는 병실과 선반 사이를 왔다 갔다 했다. 세어 보니, 지금까지 10번 이상 왔다 갔다 한 셈이다. 여느 때와 다름없이 하루에 세 번 지하 편의점에도 가고 가끔 산책하러 나가기도 했다. 병문안 온 친구나 가족이 돌아갈 때 나는 엘리베이터를 타는 곳까지 배웅했다. 하지만, 그 동안 나는 나 이외에 환자 같은 사람을 한번도 본 적이 없다. 나는 선반에 쟁반을 넣었다. 쟁반이 다섯 개 반납되어 있었다. 적어도 나보다 앞서 4명이 쟁반을 반납했다는 얘기이다. 내과 병동에 있었을 때는 병실을 나서면 반드시 누군가가 나와 있었다. 찻잔을 든 아줌마나 병동을 돌아다니는 아저씨. 휴게실에서 얘기 나누는 사람들. 그러나 여기서는 한 명도 못 봤다. 나는 고개를 오른쪽 왼쪽으로 갸우뚱거리며 병실로 들어왔다. 나의 컨디션을 체크하러 온 간호사한테

"여긴 환자가 별로 없나요?"

물어봐도

"네, 좀 그래요."

라고 얼버무릴 뿐이었다.

"그런데 식사는 다 하셨어요?"

하며 화제를 바꿔 버렸다. 누구나 이 병동에 대해서 확실한 얘기를 안 해줬다.

이훈 단편소설집

하루에 세 번 다니는 편의점 출근도 하루에 두 번으로 회수가 줄고 생리가 가까워져서 그런지 기분도 가라앉은 어느 날 밤이었다. 소등 후 침대옆 스탠드의 불을 켜 놓고 멍하니 책을 보고 있는데 갑자기 문이 열리더니 긴 머리 소녀가 들어 왔다. 나도 놀랐지만 그녀는 더 놀란 듯 작게 '어머!' 소리를 내고 입에 손을 댄 채 상황을 이해 못 하는 듯 잠시 그대로 서 있었다. 자신이 병실을 잘못 들어온 것을 알아차린 그녀는 상체를 일으켜 그녀를 보고 있던 내게 가볍게 고개를 숙이고,

"제가 잘못 들어왔네요. 죄송합니다."

라고 말했다. 그녀의 긴 머리, 예쁜 얼굴. 아, 그래. 얼마 전에 편의점에서 본 그 휠체어소녀였다.

"저기, 얼마 전에 편의점에서 만난 적이 있죠?"

그녀는 나의 얼굴을 찬찬히 보고 '아'하며 미소를 지었다.

"언니도 수상한 병동 환자였군요."

나는 미간에 주름을 지으며,

"수상한 병?"

천진난만한 그녀는 반가운 듯 나에게 물어봤다.

"언니는 어떤 병에 걸렸어요? 어떤 수상한 병이에요?"

"나? 글쎄. 아직 모르겠어. 아무리 검사해도 자세한 결과가 안 나와요."

그녀는 크큭 웃으면서,

"검사해도 결과를 알 수 없는 병이라, 그것도 수상하긴 하네요."

"근데 그쪽은?"

그 여자아이는 조금 놀란 표정으로

"언니, 안 보여요?"

그녀를 유심히 살펴 보니, 그녀의 눈 높이가 조금씩 높아지고 있었다. 이불을 걷고 침대에서 내려와 그녀가 있는 곳을 확인했다. 그녀의 발끝은 침대의 손잡이 정도 높이에 있었다. 그녀는 몸이 떠 있던 것이다.

그 여자아이 이름은 레이코. 열다섯 살이었다. 이곳 특별병동, 일명 '수상한 병동'에 입원한 지 2년이 되었다. 몸이 떠오르기 시작한 것은 초등학교 6학년 여름방학 때의 일. 어느 날 아침에 일어나 부엌에 갔더니 어머니가 그녀를 보고 화들짝 놀라 된장찌개를 뒤엎는 일로 시작되었다.

아침에는 몸이 그다지 높게 뜨지 않는다고 한다. 밤에 잘 때는 이불로 몸을 잘 감싸고 한 손을 침대 손잡이에 꽉 묶는다. 안 그러면 몸이 침대에서 떠 올라 아침에 눈을 뜨면 방 바닥 밑에 떠있는 일이 있다고 한다. 잘 지내 보자, 그렇게 우리는 친구가 되었다.

그녀는 이 병원 안에 있는 학습교실에도 다니지 않는다. 듣자 하니 혼자 영어를 공부한다고 한다. 나는 영어에는 자신이 있었기 때문에 레이코에게 영어를 가르쳐 주기로 약속했다. 레이코는 기쁜 듯 눈을 초롱초롱 빛났다. 그리곤 둥실둥실 떠오른 채 자기 병실로 돌아갔다. 그녀의 병실은 내 방에서 두 병실 떨어진 곳에 있었다.

다음 날부터 영어교과서와 공책이 들어 있는 가방을 어깨에 매고 레이코가 찾아왔다. 레이코는 얼마 전까지만 해도, 자기 의지대로 똑바로 가거나, 좌우로 갈 수 있었는데, 요즘은 조금 힘들다고 했다. 그래서 복도 벽 난간을 잡고 내게로 왔다. 친구, 가족, 다른 누군가가 문병 왔을 때는, 절대로 모습을 나타내지 않았지만, 그래도 날마다 와서 현재완료형이나 부정사 같은 것을 공부했다.

규칙적인 생활 속에서 레이코와 지내는 시간이 많아졌다. 레이코에게 다른 환자들에 대해서 물어봤지만 그녀는 뭔가 의미심장한 미소를 짓고는,

"그건 다음에."

라며 말해 주지 않았다. 물론 검사도 순조롭게 진행되었다. MRI, CT검사, 혈액검사. 대장 내시경은 역시 못할 짓이었다. 부인과 내진도 받았다.

수상한 병동에 옮겨온 지 3주쯤 지난 어느 날. 나는 공부를 마치고 레이코가 공중에 뜬 채로 우스꽝스러운 장난을 치는 것을 보며 배를 잡고 웃고 있는데, 허공에 둥둥 떠 있던 레이코가 생각난듯 말했다.

"참! 언니. 오늘 보름날이라 수상한 병동 모임이 있어. 다른 사람들도 만날 수 있을 거야. 맛있는 것도 많은데, 갈 거지?"

"게시판에서 그런 공지 못 본 거 같은데?"

레이코는 허공에서 중심을 잃고 허둥지둥 발버둥을 치면서,

"모임이 있는 날 밤에는 간호사실에 아무도 없어. 우리 밖에는."

"그래?"

나는 날이 갈수록 오렌지색으로 변하는 시간이 빨라지는 하늘을 멍하니 바라보았다.

* * *

"언니, 일어나."

저녁식사 후 텔레비전을 켜놓은 채 나는 깜박 잠이 들었다. 아직 잠이 덜 깬 눈을 비비며 시계를 봤다. 바로 12시. 언제나 길게 늘어뜨리던 머리를 예쁘게 땋은 모습이었다.

"휴게실에 사람들이 모여 있어. 우리도 빨리 가자."

창 밖을 바라보니, 황금빛을 발하는 커다란 보름달이 컴컴한 하늘에 두둥실 떠 있었다.

공중에 떠 있는 레이코의 손을 잡고 나는 휴게실로 향했다. 풍선같이 둥실둥실 떠 있는 레이코는 나의 머리 위에서 흥겨운 듯 콧노래를 부르고 있었다. 간호사실은 레이코의 말대로 커튼으로 닫힌 채였고 안은 어두웠다. 점점 잠이 깨고 긴장감이 돌았다. 이 병동에 옮겨온 지 3주가 지났지만, 허공에 떠 있는 레이코 이외에 이 수상한 병동에서 다른 환자를 만나는 것은 그날 처음이었기 때문이었다.

반 정도 빼꼼하게 열려 있는 휴게실 문틈으로 실내등 불빛과 조용한 음악, 그리고 사람들의 이야기 소리가 들려 왔다. 떠 있는 레이코의 손을 잡고 있던 내 손이 점점 차가워지고 흥건히 땀이 났다. 레이코는 여전히 나의 머리 위에서 기쁜 듯 흥얼거리고 있었다. 휴게실 문을 열고 나는 숨을 삼켰다.

예쁘게 셋팅된 넓은 테이블 위에는 와인, 주스, 먹음직스러운 요리가 놓여 있었다. 그리고 그 테이블을 둘러싸듯, 멀쩡한 듯 이상해 보이는 사람들이 앉거나 서 있었다.

"어서———오—— 세용!! 수-사앙-하안-병동에!"

벌써 취했나? 가까이 다가온 한 남자를 의아한 눈으로 바라봤다. 손을 내밀기에 어쩔 수 없이 맞잡고 악수하는데 레이코가,

"모리 아저씨는 입에서 나오는 말이 다 노래가 되어 버리는 수상한 병 환자야."

모리씨는 나에게 잔을 건네며,

"레드———와아인이 조오아요? 아-니이——면——화이트?"

노래를 하면서 와인을 권했다.

"레드로 할게요."

"네에-네에——드으——세용——."

와인 잔에 자줏빛 액체가 차 올랐다. 와인은 오랜만이었다. 레이코는 오렌지주스가 담긴 잔을 손에 들고 떠 다니며 내게 다른 사람들을 소개해 주었다. 우선 아무리 봐도 평범하게 보이는 아주머니와

인사를 했다.

"만나서 반가워요."

"저도 반갑습니다."

입에서 나오는 말이 노래로 변하는 것도 아니었다. 어? 그냥 보통 사람이네? 이런 생각을 하고 있자니,

"먹을 것 좀 갖다 줄까요?"

라며 게걸음으로 테이블쪽에 가서는 접시에 몇 개 음식을 담아 또다시 게걸음으로 돌아왔다.

"사토 아주머니는 게걸음으로만 걷는 수상한 병 환자래."

"맞아요. 전 게걸음로만 걷죠."

사토 아주머니는 가져온 음식을 내게 권했다. 나는 바질과 방울 토마토, 치즈가 올려진 크래커를 집었다.

　보기에도 이상한 사람은 정말 볼수록 이상했다. 물구나무서기로 걸어 다니는 사람이 네 명 있었다. 앉을 때에도 다리는 위, 머리는 아래로 거꾸로였다. 부들부들 떨리는 한 팔로 몸을 지탱하며 다른 한 손으로 음식을 먹었다. 이 병동에는 말을 거꾸로 하는 사람이 물구나무 서는 사람 다음으로 많다고 했다. 말을 거꾸로 하는 사람들은 말을 종이에 적어 다른 사람과 이야기 나누었다. 수첩을 갖고 다니는 사람들이 말을 거꾸로 하는 환자들이었다. 레이코보다 나이가 어려 보이는 남자 아이와 여자아이가 있길래 몇 살이냐고 물어 봤더니 여자아이는 65살, 남자 아이는 47살이라고 대답했다. 아무

리 봐도 유치원에 다니거나, 혹은 그보다 더 어려 보이는 아이들이
었다. 두 사람은 신체 나이가 어려지는 수상한 병 환자라는 것이
다. 두 사람은 원래 술을 즐겨 먹었는데 몸이 어려질수록 술이 몸
에서 안 받아 지금 한 방울도 못 마신다며 투덜거리며 레이코처럼
오렌지주스를 홀짝거리고 있었다. 말을 노래처럼 하는 사람이나 말
을 거꾸로 하는 사람과 이야기 나누기가 부담스러워 나는 어려진다
는 그 두 사람, 그리고 게걸음을 걷는 사토 아주머니를 상대로 검
사에 대한 불만을 이야기하고 있는데, 그때 머리 위에서 레이코의
목소리가 들려 왔다.

"언니, 이 병동 리더, 스기타씨예요."

레이코가 가리키는 스기타씨에게 인사하기 위해 몸을 돌렸더니,
바로 눈 앞에는 팔 두 개만 공중에 떠 있어서 나는 꺄악 하고 비명
을 질렀다. 그렇게 소리를 지른 것도 오랜만이었다. 일순 주위가
쥐 죽은 듯 조용해지고 바로 여기 저기서 웃음이 일었다. 팔만 보
이는 스기타씨 목소리가 얼굴 위치 언저리에서 들려왔다.

"나는 몸이 조금씩 사라지는 수상한 병 환자인데요. 오늘 모인
사람들 중에서 제가 입원생활을 제일 오래 했을 거예요."
스기타씨의 말투를 들어보니, 제법 교양 있는 중년여성인 듯했다.
나는 무례함을 사죄하고 잘 부탁 드린다는 인사와 함께 공중에 둥
둥 떠 있는 손과 악수를 나누었다.

"그런데. 그 쪽은 어떤 수상한 병인가요?"

거기 있는 모든 사람이 대화도 먹는 일도 멈추고 내 입에서 나오는 말을 주목했다. 음… 그러니까… 뭐랄까…. 나는 당혹스러웠다. 계속 검사가 이어지고 있던 터라 대체 내가 어떤 병에 걸린지 나도 알 수가 없었기 때문이다.

"아무리 검사해도 병명을 알 수 없는 병이래요."

공중에서 둥실둥실 떠 있는 레이코가 내 대신 말했다. 그러자 모두,

"아하…. 그거 이상하네. 정말 수상한 병이네. 우리랑 똑같아."

라며 나를 반겨 주었다. 나는 억지로 웃음을 지어 보였지만, 마음속으로는 게걸음밖에 못하는 사람이나 공중에 떠 있는 사람, 몸이 조금씩 사라지거나 어려지는 사람들과 같은 '수상한 병'으로 취급당하는 것에 거부감을 느꼈다. 나는 그냥 검사해도 알 수 없는 것뿐인데….

어쨌거나, 와인을 마시고 맛있는 음식을 먹으며 사람들과 이야기 나누는 일은 즐거웠다. 이곳 수상한 병동에는 지식이 풍부하고 입담 좋은 사람들이 많아 이야기 거리가 끊이지 않았다. 오랜만에 마신 와인에 조금 취한 나는 모임 내내 기분이 좋았다. 휴게실에서 보이는 보름달은 황금빛으로 반짝 반짝 빛나 너무나 아름다웠다. 전날 밤, 비가 왔고 하루 종일 바람이 불어 하늘이 말끔해졌기 때문에 달이 아주 맑고 아름다운 것이라고 누군가가 말했다. 나는 그 말에 고개를 끄덕이며 보름달을 바라보았다. 보름달이 차츰 옅어지고 하늘이 희미하게 밝아 오길래 슬슬 자리를 거두기로 했다. 휴게

실을 나가기 전에 나는 수상한 병동 리더인 스기타씨에게 말했다.

"저는 아직 검사결과가 안 나오는 것뿐이거든요. 그래서 여러분들과 같은 수상한 병인지 아직 모르는 것뿐이에요."

"모르는 거죠? 그럼 완벽하네요. 수상한 병…."

나는 그 말을 들을 후로 '모른다는 것'이 점점 두려워지기 시작했다.

* * *

다음 날도 병동 안에서는 레이코 이외의 다른 사람을 보지 못했다. 레이코에게 말했더니 레이코는 영어문제를 풀던 손을 멈추고

"이상하네. 나는 자주 보는데. 언니랑 타이밍이 안 맞는 것 아냐? 아까도 모리 아저씨랑 엘리베이터 앞에서 만났거든. 목이 칼칼하다면서 편의점에 사탕사러 가던 걸?"

이렇게 말하고는 다시 문제집을 노려보며 이걸까, 저걸까 생각에 잠겼다. 레이코는 언제나 영어공부하러 열심히 내 방을 둥실둥실 드나들었다.

* * *

PET이라는 최신식 검사를 하기로 했다. 변함없이 원래 침착한 성격인지 아니면 실은 로봇인지 알 수 없을 정도로 늘 무표정인 둘째가 와서 그 검사가 얼마나 최신식인지를 설명해 주었지만 나는

이해가 잘 안 갔다. 요컨대 암 같은 것들을 조기발견할 수 있는 대단한 기계라는 것이다. 검사에 대해서 뭔가 질문이 있냐는 그의 표정 변화를 읽어내려고 그의 얼굴을 뚫어지게 바라보며,

"퇴원은 언제쯤 할 수 있나요?"

"좀 더 시간이 걸릴 지도 몰라요. 검사결과가 나와 봐야 알죠."

혹시나 내가 눈 깜박이는 사이에 표정이 달라졌을지도 몰라…. 그렇게 생각하기로 했다.

* * *

보름달 모임으로부터 1주일쯤 지난 어느 날 밤. 레이코가 울상이 되어 병실에 들어왔다.

"사토 아줌마가 비상계단에서 떨어져서 돌아가셨대…."

사토씨는 게걸음을 걷는 아주머니였다. 지난 보름밤 모임에 처음 참가한 내게 그녀는 늘 상냥하게 대해 주었다. 서로 좋아하는 영화에 대해 이야기하며 웃음꽃을 피웠다. 구체적인 날짜는 정하지 않았지만 언제 한 번 병실에서 영화나 같이 보자고 말한 적이 있다. 레이코 다음으로 좋은 친구가 될 수 있을 거라고 생각했는데…, 그래서 사토씨의 죽음은 더더욱 슬펐다. 그녀는 아침마다 일과처럼 비상 계단을 오르락 내리락 했다고 한다. 계단 위에서 발을 헛디뎌 몸이 옆으로 떨어졌고 목뼈가 부러져서 죽었다고 한다. 너무나 어이없는 죽음이었다.

사토씨의 주검은 이미 그녀의 가족에게 넘겨져, 불이 꺼진 채 하얀 촛불이 밝혀진 휴게실에는 그녀의 죽음을 애도하기 위해 환자들이 모여 있었다.

"사토씨는 정말 좋은 사람이었는데. 성격도 밝고….."

"배려심 있는 정 많은 사람이었죠."

모든 사람이 슬퍼했다. 문득 나는 팔만 남은 스기타씨를 바라 보았다. 그녀의 팔은 1주일 전보다 조금 더 짧아져서 공중에 둥둥 떠 있었다. 어려진다는 두 사람도 역시 1주일 전보다 더 어려 보였다. 그런 나의 모습을 알아차렸는지 스기타씨는 활짝 웃으며,

"그래….. 내 팔도 팔꿈치 아래로 더 짧아지고 손만 남고 그러다 손가락만 남을 테고….언젠가는 다 없어질 거예요. 예전 똑 같은 병에 걸린 사람을 본 적이 있어서 잘 알죠. 나도 사토씨 따라갈 날도 멀지 않았어요….."

"나도 하루 하루 점점 퇴행하고 있어요. 더 어려져서 언젠가 아기가 되고 결국 세포가 될 거라고요. 그렇게 동정하는 표정 짓지 마세요. 저는 이미 오래 전부터 각오하고 있으니까요. 수상한 병에 걸리기 전까지 인생을 즐겼죠, 충분히…... 그래서 그날이 올 때까지 여기서 즐겁게 보낼 거예요."

어린 '부인'은 당당한 목소리로 각오를 말했다.

"여기는 특별한 사람들이 모이는 살롱 같은 곳이죠. 여러분과 '특별하다'는 의식을 함께 나누는 것에 행복을 느끼죠."

어린 남성은 계속 초를 바라보고 있었다.

스기타씨는 머리 위에서 울적한 모습으로 떠 있는 레이코의 손을 잡고 자기쪽으로 끌어당겼다. 스기타씨의 손은 희고 고왔다. 그리고 팔도 평소에 정성스레 가꾸는지 매끈했다.

"레이코. 너도 조심해. 사카시타 오빠, 기억나지? 너처럼 떠 올라있는 수상한 병에 걸린 사람 말야. 간호사가 창문을 활짝 열었을 때 창 밖으로 나가 바람에 실려 어딘가 가버렸잖니? 난 그거 일부러 그런 게 아닐까 해. 레이코는 예쁘고 착한 아이니까, 조심해야 한다. 알았지?"

레이코는 다른 한 손으로 나의 어깨를 잡고

"언니가 계속 지켜줄 거예요. 저는 괜찮아요."

이렇게 말하며 빙그레 웃었다. 나는 그 셋째가 자주 했던 것처럼 관자놀이를 지그시 누르며 눈을 감았다.

사토씨가 죽은 날 밤, 나는 한잠도 못 잤다. 침대 위에서 웅크리고 앉아 커튼이 젖혀진 창문 밖으로 보이는 매정한 도시의 풍경을 바라보았다. 한밤중이었지만 아파트, 빌딩, 여기저기에서 아직 사람들이 움직이고 있는 흔적처럼 불이 밝혀 있었다. 병원 맞은 편에는 공원의 나무들은 그 모습을 어둠에 물들인 채, 더 울창한 공간을 이루고 그 속에서 잠들고 있었다. 나는 그 어둠 속에서 희미하고 하얗게 빛나고 있을 내 병실에서 나에 대해 생각했다. 두 손을 봤다. 그리고 다리. 보기만 하는 것이 아니라 몇 번이나 펴고 굽히

이훈 단편소설집

고 해봤다. 그리고는 이렇게 중얼거렸다.

"안녕? 안녕? 안녕…."

나는 특별한 게 아냐, 나는 '평범'하다고 확신했다. 몇 번 검사해도 결과가 안 나오는 것은 어쩌면 나를 일부러 특별한 사람으로 만들려고 누군가 꾸며낸 일일지도 모른다. 나는 '특별함'을 증오하기 시작했다.

PET검사 전에 하복부의 영상을 더욱 비추기 위해 요도관에 튜브를 삽입하여 소변을 몸 밖으로 내보내기로 했다. 간호사가 여러 가지 굵기의 튜브를 갖고 왔다. 아무리 같은 여자라 해도 하반신을 대놓고 드러내는 것은 정말 부끄러운 일이었다. 그런데 요도에 튜브가 들어 가지 않았다. 한 명, 두 명, 세 명…. 간호사들이 내 방에 들어와 여긴가 저긴가 하며 튜브를 찔러보고는 아니다 하며 다른 곳을 찔러댔다. 나는 수치심을 억지로 참으며 눈을 감은 채로 있었다.

"그래, 맞다. 이 환자는 신장도 하나밖에 없고 대장도 기형, 자궁도 쌍벽자궁. 그러니까 내장기관이 이상하게도 기형이라더라."

"혈관도 이상하게 가늘던데요? 혈관은 찾기 어려워서 주사 놓기가 보통 어려운 일이 아니라던 걸요? 그러니 요도도 삽입하기 어려운 게 당연하죠. 어쩌면 요도와 질이 붙어 있는 거 아닐까요?"

"아니면 요도와 질 위치가 거꾸로 되어 있는 거 아닌가?"

모른다는 것이 두려워 나는 눈을 떴다. 나이가 제일 많아 보이는

간호사가 아무렇지도 않게,

"아, 괜찮아요. 걱정 마세요. 수상한 병이라고 아직 확정된 게 아니니까요. 지금 요도관 끼우는 일은 저희에게는 좀 무리인 것 같네요. 부인과 의사 선생님을 불러야겠어요."

부인과 의사 중 짬이 나는 의사한테 맡기기로 하고 간호사들은 하반신을 노골적으로 드러내놓고 있는 나를 이불로 살짝 덮고는 모두 간호사실로 가버렸다. 나는 작업 도중에 내팽개쳐진 통나무처럼 침대에 가만히 누워 있었다.

잠시 후 젊은 여자의사가 들어 왔다. 그녀는 내 얼굴을 찬찬히 살펴 보더니 갑자기 어머, 하고는 눈을 동그랗게 떴다.

"실례지만 혹시 A중학교 나오지 않으셨어요?"

"네? 네, 그런데요?"

그 의사는 중학교 시절 같은 반이었다. 그렇게 친한 편은 아니어서 이름도 생각나지 않았다. 그녀도 내 이름을 부르기 전에 침대 머리맡에 있는 이름표를 슬쩍 봤으니, 이름을 잊어버린 건 서로 마찬가지였다. 나도 그녀의 가슴에 달린 이름표로 슬쩍 이름을 확인했다. 그녀는 튜브를 삽입할 준비를 하면서 '오랜만이다', '잘 지냈니?', '그때는…' 하며, 마치 '오늘도 날씨가 춥네요' 같이 날씨 얘기를 가볍게 하는 것마냥, 내 근황을 묻거나 자기 사는 이야기를 했다. 나는 적당히 대답하고 적당히 맞장구를 쳤다. 중학교 시절 그녀에 대한 인상은 너무나 희미했다. 그래서 마음 터놓고 속 얘기를 하기는

이혼 단편소설집

좀 그랬다. 그녀도 나와 마찬가지였는지 우리는 얕고도 얕은 대화를 이어갔다. 진땀을 뺀 끝에 드디어 튜브삽입에 성공했다.

"요도가 너무 좁네. 이거 소아과에서 가져온 튜브인데….."
자신이 한심스러워졌다.

"그럼. 나 갈게. 다른 일이 있어서. 너도 빨리 PET검사실에 가야지? 방사선과 선생님들이 기다리고 있던데. 나중에 시간이 나면 또 올게."

나는 서둘러 잠옷의 바지를 끌어 올리고 몸을 일으키며

"잠깐! 나 이 병동에서 나가고 싶어."
라고 말했다. 그녀는 잠시 등을 돌린 채로 서 있었다. 나는 마른 침을 삼키며 그녀의 대답을 기다렸다. 그녀에 대해서는 기억이 잘 안 났지만, 그래도 여기서 이렇게 만난 것은 기회였다. 이대로 가다가는 나는 영원히 검사만 하는 수상한 병 환자가 되어 버릴 것 같았다. 그녀는 천천히 몸을 돌리며,

"병원은 말이야… 병을 만들어 내기도 하지….."
라고 작게 중얼거렸다. 나는 나가려고 문손잡이를 잡은 그녀에게 매달리는 심정으로 말했다.

"그럼 만들어 줘. 이것도 인연인데, 부탁이야. 그냥 평범한 병을 만들어 줘. 난, 이렇게 모르고 지내는 상태가 너무 싫어. 무서워."
그녀는 이번에는 돌아보지도 않고 등을 돌린 채 또 오겠다는 말만 남기고 가버렸다.

* * *

그날밤. 그녀가 다시 병실을 찾아왔다.

"PET검사 결과가 나왔는데, 난소 부분에 높은 수치가 나왔어. PET검사에서 수치가 높다는 건, 심한 염증이 있든가, 아니면 종양이 있을 가능성이 높다는 말이지. 악성인지 양성인지까지는 알 수 없지만…."

나는 두려워하며 고개를 끄덕였다.

"왼쪽 난소가 상당히 비대한 상태야. 오른쪽은 정상이고. 그런데 검사에서 양쪽 난소 모두에 이렇게 높은 수치 반응이 나오는 게 이상하네. 다른 검사, 그러니까 종양 마커에는 반응이 없고, 아니 반응이 없다고 해서 완전히 안심해도 된다는 얘기는 아니야. 어디까지나 가능성 문제이니까."

그녀는 진료기록카드에 몰래 끼워 온 등고선 지도 같은 내 하복부 사진을 집어 들고 나를 똑바로 쳐다보면서,

"평범한 환자가 되고 싶다고 했지?"

나는 끄덕였다.

"특별한 건 싫어."

"그럼 개복수술을 하자."

나는 그래도 좋다고 대답했다.

"왼쪽 난소를 떼어낼 거야. 불임에 대해서는 걱정 안 해도 돼. 오른쪽 난소가 남아 있으니까. 하지만, 오른쪽 난소에도 이상이 발

이훈 단편소설집

견되면 적출해야 할 거야."

나는 너무 무서워서 몸서리가 처질 뻔 했지만, 그냥 알았다고만 대답했다. 그녀는 빙그레 웃으며 일어섰다.

"자, 내일 다시 올게. 푹 쉬어."

그녀는 한 걸음, 두 걸음 발을 떼더니 생각났다는 듯 돌아보며,

"병명은 아마 난소종양이야."

"고마워."

"중학교 친구잖아. 고맙긴 뭐…."

친구? 우리는 친구였던가?

"아무튼 푹 쉬어."

그녀는 그렇게 상냥하게 말을 남기고는 병실을 나갔다. 갑자기 친근감이 느껴졌다. 때로는 웃고 때로는 심각한 표정을 짓는, 그녀는 평범한 의사였다. 나는 이번에야말로 인생이 다시 정상적으로 움직일 거라는 생각에 마음이 한결 편해졌다. 오랜만에 깊은 잠에 들었다.

다음날 아침 식사 후, 언제나 대로 체크하러 온 간호사가

"내일부터 부인과 병동으로 가십니다. 축하해요."

나는 그 '축하해요'라는 말이 정말 기뻤다. 이제는 '안다', '모른다'는 것을 벗어난 것이다. 간호사가 나가자 때 마침 레이코가 찾아왔다. 다른 간호사한테서 들었는지 내가 병동을 옮긴다는 사실에 화도 나고 당혹스럽고 섭섭한 모양이었다. 나는 레이코에게 만큼은 미안한

생각이 들었다. 하지만 나는 레이코만큼 강한 사람이 아니다. 자기 몸이 뜬다는 현실을 받아들이고 이유를 모르는 채로 지낼 수 있는 특별한 사람이 못된 것이다.

"언니, 왜…."

목소리가 떨고 있었다. 레이코의 눈에는 눈물이 그렁그렁했다. 나는 이미 다른 얘기로 돌리기 어렵다는 것을 알면서도

"오늘은 왜 교과서랑 공책 안 갖고 왔니?"

"언니, 왜…."

결국 그녀는 훌쩍훌쩍 울기 시작했다.

나는 여기서 마음 약해지면 안 된다고 되뇌었다. 나는 평범하게 살고 싶었다. 특별할 필요는 없었다. 친구와 같이 백화점에서 쇼핑하고 싶고, 맛있는 레스토랑에도 가고 싶고, 여행도 다니고 싶다. 수많은 인파 속의 일원이 되고 싶다. 붐비고 복잡한 전철 속에서 숨이 턱턱 막히는 일도 지금은 그리울 지경이다. 특별이라는 것은 보통 사람들이 보기에 알 수 없는 것, 이해할 수 없고 이상한 것이다. 그리고 보통에서 제외되어 8층 수상한 병동에 갇히는 것이다.

"나는 레이코와 달라. 스기타씨와도 달라. 몸이 뜨거나 어려지거나 사라지지 않아. 잘 봐. 발도 바닥에 닿잖아? 목소리도 멀쩡해. 손도 다리도. 봐, 봐. 다 멀쩡하다구."

나는 손과 다리를 파닥거렸다. 레이코는 목이 매어,

"근데 스기타 아주머니가 그랬어. 언니가 제일 이상하다고. 검

사해도 모르는 제일 수상한 병이라고."

"아니야!"

발끈한 나머지 나도 모르게 소리를 질렀다. 스스로도 자신이 지른 큰 소리에 깜짝 놀랐다. 마음을 가다듬고 이번에는 최대한 차분한 목소리로,

"나는 병에 걸렸어. 이건 수상한 병 아니야. 그냥 보통 병이야. 난소종양일 가능성이 있어서 조만간 수술할 거야. 일전 최신 검사로 발견된 거래."

레이코는 벌겋게 눈물이 가득 고인 눈을 크게 뜨며

"정말?"

나는 레이코의 눈물을 수건으로 닦으면서

"응. 정말이야. 나는 난소종양이야."

떠 있는 레이코를 나는 끌어 안고 머리를 쓰다듬었다.

"수술 끝나고 실도 뽑으면 꼭 만나러 올게. 영어도 같이 공부하는 거야. 퇴원해도 병문안 올 거고… 자, 약속…."

레이코는 대답하지 않았다. 쓰다듬는 내 손에 머리를 맡기며 가만히 있었다. 나는 마음 속으로 레이코에게 사과했다. 레이코를 남겨두고 병동에서 도망치는 것을. 그리고 변명도 했다. 하지만 어쩔 도리가 없었다고.

* * *

수술 전날은 정신이 없었다. 수술복, T자띠, 탄성 스타킹을 사러 편의점에 갔다. 작은 수건, 큰 수건도 하나씩 준비하고 심호흡 연습, 양치질도 연습했다. 환자가 뒤바뀌는 일을 방지하기 위한 ID밴드도 팔목에 찼다. 나는 가슴이 두근두근거렸다. '안다는 것'이 이렇게도 기쁜 일이었던가! 수술이 끝나면 나는 특별함에서 해방되어 보통 사람이 되는 것이다.

부인과 병동으로 옮기자 바로 둘째 급에 해당하는 중학교 친구와 같이 첫째 주치의가 나와 가족과 내게 수술에 대해 설명해 주었다. 저번에 내과에서 첫째는 좀처럼 모습을 나타나지 않았지만 이번에는 쉽게 첫째와의 만남이 이루어졌다. 냉정하고 침착하게 첫째 주치의는 악성종양일 가능성을 포함한 만일에 대해서도 이야기했다. 밝았던 가족들 표정이 점점 긴장을 띠고 어두워졌지만 나는 계속 웃음 띤 얼굴이었다. 서류에도 아무런 주저 없이 서명했다.

'수술 및 생검(生檢)조직교육, 연구를 위한 사용에 대한 동의서' 수술 때 나의 몸에서 떼낸 모든 것을 의료, 의학의 진보를 위해서 사용하는 일에 동의하겠느냐고…? 나는 아무 망설임 없이 바로 서명했다.

'수혈동의서'

수술 중 혹시나 수혈이 필요할지 모른다고 했다. 수혈의 위험 가능성에 대한 설명서를 우선 읽고 서명해 달라고 한다. '감염증 위험

성', '알레르기 반응', '쇼크 상태'. 설명서 끝부분에 적힌 '…최선의 대응으로 치료하겠사오니 안심하십시오.'라는 문구를 보고 나는 마음이 놓였다. 감염증에 알레르기… 뭐야… 괜히 겁주고 있어…. 나는 또 동의서에 바로 서명했다. 그밖에 시키는 대로 나는 척척 서명을 해갔다. 마지막으로 수술을 받겠다는 동의서에 가족, 그리고 내가 서명했다. 마음이 개운해졌다. 내가 서명한 동의서를 손에 들고 나의 새로운 둘째인 중학교 시절 친구는 윙크하고 방에서 나갔다. 나도 중학생처럼 손을 들었다.

* * *

수술 전날 저녁. 마취과 의사가 병실로 찾아왔다. 전신마취에 대한 동의서를 받기 위해서였다. 전신마취 설명서, 특히 위험 가능성에 대한 부분을 잘 읽고 동의서에 서명하라고 했다. 읽어보니 이게 끔찍한 내용들뿐이었다.

1) 전신마취는 매우 안전하지만, 위험성 없는 것은 아닙니다. 수 만 명 중에 한 명 꼴로 식물상태가 되거나 사망할 수도 있습니다.

2) 마취 중에 심장발작 혹은 뇌졸중을 일으키는 경우도 있습니다.

3) 이상체질로 인해 악성고열을 일으켜 사망하거나 후유증을 남길 경우도 있습니다.

4) 약 등으로 인해 알레르기 반응이 생겨 혈압이 저하되거나, 최악의 경우 심장이 멈출 경우도 있습니다.

5) 환자의 상태 및 수술에 따라 기타 이상이 발생할 수도 있습니다.

그런데도 '안전한 마취가 이루어질 것입니다. 이상이 발생할 경우, 적절한 대응에 최선을 다하겠사오니 안심하십시오'라고 적혀 있다. 불안이 진정되지 않고 계속 동요되었다.

"이런 것들이 가끔 생긴다는 말씀이죠?"
마취과 의사는 시원시원한 여자였다.

"하지만 마취를 안 하면 수술도 받을 수 없죠."
하면서 서명을 재촉하듯 반협박조로 말했다. 그래도 내가 계속 설명서를 물끄러미 보자, 그녀는 빙긋 웃더니 결정적인 한마디를 날렸다.

"수술을 하겠다고 말씀하지 않으셨어요? 8층에서….."
수술을 하지 않으면 나는 또다시 8층으로 돌아가 특별 대접을 받게 될 것이었다. 나는 그녀가 내민 마취 동의서에 볼펜을 꾹꾹 눌러 서명을 했다.

* * *

'수술은 5시간 반 걸렸다.'고 가족들이 나누는 이야기가 수술을 마치고 병실로 옮겨져, 마취에서 완전히 깨지 않은 꿈 같은 의식 속에서 들려왔다. '생각보다 많이 걸렸네….'라고 생각하며 다시 잠이 들었다.

아침에 일어나 관장을 하고 수술복으로 갈아입고, 탄성 스타킹 입고 수액을 맞고, 마취가 잘 돌도록 근육주사도 맞고…. 점심 때

이훈 단편소설집

가 지나 침대에 누운 상태로 수술실로 옮겨졌다. 수술실에 들어가는 길, 마치 이 세상과 저 세상의 경계인 듯 굳게 잠긴 셔터 앞에서 침대가 멈춰 섰다. 셔터가 천천히 올라가고 이 세상 간호사로부터 저 세상 간호사로 나의 몸이 인도되었다. 넓은 실험실 같은 수술실. 여기저기 기계가 설치되어 있었다. 두리번거리고 있었더니,

"긴장되세요?"

이 목소리. 아마도 협박에 능숙한 그 마취의사일 거야.

"자, 지금부터 마취에 들어갑니다. 하나부터 셋까지 셀 동안 잠드실 거예요."

"하나, 둘……."

"이제 너도 평범한 보통 사람이 되는 거야."

너무나도 빠르게 멀어져 가는 의식 속에서 마지막으로 들은 것은 중학교 친구의 목소리였다.

* * *

"아프지 않아요?"라는 말이 들릴 때마다 나는 잠에서 깨어

"아프기는 보다는 속이 메슥거려요."라고 대답했다.

"네. 그럼 진통제를 놓아 드릴게요."

나는 진통제를 맞았다. 내가 혹시 '네, 아파요'라고 대답했나 생각하면서 다시 잠에 빠져들었다. 마취 때문에 생각과 말이 서로 단절되어, 의사를 전달하는 신경망과 연결이 끊어졌나 보다 생각하면

서…. 수술한 그날밤은 계속 그렇게 잠만 잤다. 나는 재생(再生)하는 것이다. 봉합된 상처부위의 세포들이 서로 들러붙기 위해 엄청난 기세로 움직이고 있음을 느꼈다.

"언니, 괜찮아?"

애매한 의식 저 편에서 레이코의 목소리가 들려 왔다.

"언니 많이 아픈가요?"

"한동안은 아프겠지. 왜냐하면 잘라냈으니까."

팔만 남은 스기타씨의 목소리가 들려왔다. 나는 눈을 더욱 꽉 감았다.

"이제 언니는 특별하지 않은 거네요."

"글쎄…."

"언니는 수술해도 우리랑 같이 이상하면 좋을 텐데."

"그러게…."

그 뒤로는 전혀 아무것도 안 들렸다. 눈을 꽉 감은 채 나는 깊은 잠의 바닥으로 가라앉았다.

수술 다음 날부터 내게 걷기연습 명령이 떨어졌다.

"아직도 아픈가요?"

"네."

"걸을 만 하세요? 소변튜브를 빼도 되겠어요?"

"아직 자신 없는데요…."

아침 간호사가 나의 몸을 닦아 주었다.

"그래도 오후에 걷기 연습 합시다."

닦아 준 수건을 능숙하게 접고는, 그럼 나중에, 하며 방에서 나갔다. 나는 다시 가벼운 잠에 떨어졌다.

* * *

오후에 나는 간호사의 손을 빌려 리모콘을 사용해 침대등받이를 올린 후 선반을 잡았다. 그리고는 아랫배에 힘을 줄 수가 없어서, 대신 팔에 힘을 주고 몸을 일으켰다. 몸을 일으키는 것도 겨우 했는데, 간호사는 자꾸 소변튜브를 빼라고 한다.

다리를 침대에서 천천히 끌어내려, 한 발씩 슬리퍼를 신었다. 마치 송아지나 새끼사슴이 엄마 뱃속에서 세상에 뚝 떨어져 애써 몸을 일으키려 하는 것처럼, 다리가 후들후들 떨린다. 겨우 슬리퍼를 신고는 조금씩 다리에 힘을 주고, 손에는 더 힘을 주고…. 정말이지 갓 태어난 송아지나 새끼 사슴처럼 나는 두 손, 두 다리를 모두 동원해서 일어서려 했다. 배에 조금이라도 힘이 들어가면, 아팠고, 그러면 앉아 잠시 멈춰 쉬고…. 그러면서 필사적으로 몸을 일으켰다.

'내 새 삶의 첫걸음'

똑바로 서 있기가 어려웠다. 할머니처럼 허리를 구부리고 바퀴 달린 수액걸이를 지팡이처럼 의지하며 떨리는 다리를 천천히 끌며 앞으로 나아갔다.

간호사는 병동 내 간호사실까지 가보자고 그랬다. 간호사실 안에서 바쁘게 움직이는 의사나 간호사들은 애써 걷는 내 모습에는 아랑곳하지 않았고, 관심을 끌만한 것도 아니었다. 중학교시절 친구 모습을 찾아보았지만 그냥 모습만 확인했을 뿐이다. 나는 나대로 걷기 바빴고 그녀는 업무에 여념이 없었다.

엘리베이터 근처를 지나갈 때 휠체어를 탄 레이코의 모습이 보였다. 레이코가 걱정스러운 표정으로 나를 보고 있었다. 그러나 내가 간호사와 함께였기 때문에서 말을 걸어 오지 않았다. 나도 그녀를 못 본 척 했다. 너무나 걷는 데 열중하느라 아무것도 안 보이는 척 했다.

* * *

수술 후 1주일이 지나 수술 부위의 실을 뽑았다. 10일 후에 퇴원해도 좋다고 했다. 실을 뽑은 자국을 보고 나는 조금 충격을 받았다. 아랫배에 기다란 지렁이가 붙어 있는 것 같았다. 실을 뽑아 준 중학교시절 반 친구는 상처부분을 살짝 만지며

"좀 크긴 하지만 가로로 절개했어. 세로로 하는 것보다는 상처가 깨끗하게 아물거야."

"고마워…."

"고맙긴."

웃는 그녀의 눈은 과로 때문인지 눈주위에 그림자가 졌고 눈도 충혈되었다.

이훈 단편소설집

"피곤하지?"

그녀는 눈꺼풀을 가볍게 누르며

"부인과뿐만 아니고 산과도 있잖아. 수술도 해야 하고 출산도 봐야 하고…. 어제가 일요일이었잖니. 그런데도 계속해서 출산이 있어서, 정말 힘들었어."

자세히 보니 유독 하얀 그녀의 피부는 피로 때문인지 거칠고 잡티와 기미투성이었다.

"가끔은 쉬어야 할 텐데…."

"너도 잘 먹고 가능한 한 병동 내를 많이 걸어 다녀. 그래야 상처가 더 빨리 아물 테니까."

치료실을 나와 문을 닫기 전에 다시 그녀를 봤다. 눈 아래에 있는 다크서클이 신경 쓰이는지, 가운 주머니에서 작은 거울을 꺼내어 입을 오므리고 뺨을 부풀리고 이를 드러내며 거울 속에 있는 자신을 바라보고 있었다.

* * *

오늘 밤만 지나면 나의 평범한 생활이 다시 시작된다. 퇴원 전날 밤, 소등 후 병동 안에서 희미하고 하얗게 반짝거리는 병실에서, 로커를 열어 안쪽에 붙은 거울로 아랫배의 수술자국을 봤다. 어둠 속에서 눈에 힘을 주고 바라보니, 가로 직선으로 솟아 올라 있던 상처도 점점 파란 빛을 발하면서 존재를 주장하기 시작했다. 이것이 내가 보통사람이 되었다는 증거다. 나는 그 상처를 조심조심 만져봤다.

그리고 나는 몰래 병실에서 나가 엘리베이터를 탔다. 목적지는 8층, 수상한 병동, 레이코가 있는 병실이었다. 살그머니 병실 문을 열었다. 쌕쌕거리는 숨 소리의 규칙적인 리듬. 나는 방 안으로 들어갔다. 레이코는 떠 있었다. 팔을 침대에 고정시키는 것을 잊어버렸는지 아주 높이 떠 올라 있었다. 조금만 더 가면 코가 천정에 닿을 것 같이, 그렇게 높이 떠 올라있었다. 나는 실을 뽑은 후 레이코에게 영어를 다시 가르치겠다고 약속했지만 그 약속을 지키지 못했다.

부드러운 긴 머리를 늘어 뜨리고 손도 늘어 뜨린 채 둥둥 떠 있는 레이코. 레이코는 지난주 보름달 날에 수상한 병동 모임에 같이 가자며 몰래 병실을 찾아왔다.

"언니, 언니."

그녀의 목소리에 나는 잠을 자는 척 했다. 잠시 후 그녀가 한숨과 함께 나갔다는 것을 확인한 후 나는 커튼을 열고 보름달을 우러러봤다. 창백한 듯, 노르스름한 듯 떠 있는 보름달. 달빛은 보는 사람의 마음에 따라 그때 그때 색을 바꾸는 것일까? 그날의 보름달은 하늘을 뒤덮는 구름에 가렸다가, 다시 드러내기도 했다. 윤곽도 어슴푸레 선명하지 않은 가을밤의 으스름한 달빛이었다.

나는 그녀의 베개옆에 얇은 화집을 하나 놓았다. 마르크 샤갈의 화집이었다. 밝고 선명한 색채의 샤갈의 그림 세계에서는 사람이 날고 떠다니는 것은 아주 당연하고 보통 있는 일이었다. 사람뿐 아니라 물고기도 날고 소도 날고. 세느강, 노트르담 사원, 에펠탑, 개선문…, 파리의 하늘을 마음껏 날아다니는 것은, 그의 그림에서는 전혀 이상할 것이 없는 자연스러운 일이다.

하는 말이 모두 노래가 되어 버리는 사람은 입만 다물고 있으면 '보통 사람'인 척 할 수도 있다. 하지만 앞으로 더 높이 떠 오를 레이코는 보통이 될 수 없다. 우주비행사가 되어 로켓을 타고 지구를 탈출하지 않는 한, 보통사람이 될 방법은 없는 것이다. 나는 잠시 동안 기분 좋게 숨소리 내며 떠 있는 레이코를 바라보았다. 아마 이게 마지막이겠지…, 이제 만날 일은 없을 거야. 절대 없을 거야…. 그리고 나는 조용히 그녀의 병실을 나왔다.

* * *

성묘를 마치고 나는 절의 경내에 있는 벤치에 앉아 비둘기를 보고 있었다. 성묘하러 절에 들어오거나, 마치고 돌아가는 가족들이 오고 가는 '보통'의 평화. 돌 바닥 위에 있던 작고 하얀 자갈을 발가락 끝으로 살짝 차고, 나는 '보통' 공기를 깊이 빨아들여 크게 내쉬었다. 향냄새와 낮은 독경소리가 울리는 경내에서 나는 '보통'이 계속 유지되기를 빌었다.

* * *

　진동으로 설정된 휴대폰이 코트 주머니 속에서 갑자기 울려댔다. 대학병원에 있는 중학교시절 반 친구한테서 온 전화였다. 순간 이상하게 가슴이 울렁거렸다.

　"오늘 진찰 받으러 오지?"

　"응."

　"자궁모양이 보통사람과 다르다는 건 알지?"

'보통사람과 다르다.'는 말에 얼음 파편이 박힌 듯 가슴에 통증이 일었다. '보통사람과 다르다.'는 말은 그저 조금 다를 뿐 그리 심각한 것은 아니다. 자궁쌍벽도 병은 아니니까. 그런 사람이 많지 않지만 더러 있고 보통사람처럼 생활하고 있다.

　"지난번에 진찰 때도 보긴 했지만, 오늘은 최신식 초음파로 검사할 거야. 당분간은 병원에 다녀야 할 걸? 네 자궁이 좀 특별하니까…."

현기증이 났다. 시야에 들어온 온화한 일상풍경이 빙글빙글 소용돌이치며 혼란스러워졌다.

* * *

　벤치에서 일어났을 때 다시 주머니에서 휴대폰이 떨렸다. 나도 함께 떨렸다. 레이코한테서 온 문자였다.

이훈 단편소설집

"언니, 샤갈도 분명히 공중에 떠다녔을 거야."

다시 휴대폰이 떨렸다.

"오늘은 보름달이네."

절의 대문을 지나 긴 돌계단을 내려가, 노랑, 빨강으로 물든 잎들을 걸친 나무들로 둘러싸인 돌다리를 중간까지 건넜을 즈음, 나는 옷 위로 수술상처를 손으로 더듬어 둥글게 어루만졌다. 이게 증거야. 그래. '특별'이라는 누에고치를 벗어나서 '보통' 속에 뒤섞여 보통의 삶을 얻었다는 증거….

야옹 야옹 축제

긴 여름방학이 시작되었다. 어쩌면 여름방학만으로 끝나는 게
아닐지도 모른다. 가을방학으로 이어지는 기나긴 휴가가 될지
도…. 나의 여름 방학은 회사에 사표를 던진 그 날부터 시작되었
다. 벌써 한 달은 되었다.

정체를 알 수 없는 '메마름'에 허덕이다, 더 이상 회사생활이 불
가능하다고 스스로 자가진단을 내리고, 마지막 남은 힘을 쥐어 짜
내어, 나는 과장님에게 사표를 냈다. 피부도 까칠하고 머리가락도
부시시하고…. 이대로 가다가는 미라가 되어버릴 것 같았다. 난
이렇게 말했는데 저렇게 돼 버리는, 정말 알 수 없는 직장이란 세
계. 하루 하루가 마술 속에서 사는 것 같았다.

분명히 긴 실크모자에 예쁜 꽃을 넣었는데, 하나, 둘, 셋에 튀어
나온 붉은 튤립이 그려진 털실바지다. 유치원 시절, 할머니가 짜주
신 털실바지와 똑같다. 예쁜 꽃을 넣었는데 어째서 이런 게 나왔을
까 생각하며 털실바지를 손에 쥐고 있는데, 남의 얘기 하기 좋아하

는 사람들이.

"어머! 여기 보세요! 이 사람, 털실바지를 갖고 있네요?"

심술궂은 웃음과 느끼한 말투로 비웃는다. 그 말에 사람들이 몰려들고,

"와아~, 털실바지네? 이런 거 정말 오랜만에 본다!"

며 키킥 웃어댄다. 나는 털실바지를 손에 든채, 여전히 허둥지둥대며,

"아니. 그게 아니라. 저는요, 예쁜 꽃을 넣었는데, 그런데 이상하게 왜 이런 게 나왔는지…. 정말이에요. 전 꽃을 넣었다구요. 아주 예쁜 꽃이었는데…."

"저것 봐. 튤립무늬다."

"하핫, 털실바지 입는 사람이 요즘도 있네?"

킬킬 웃는 사람들. 밀려드는 파도처럼 점점 커졌다가, 밀려가는 파도처럼 소리는 점점 작아지고, 결국 나만 남겨두고 소리는 사라져갔다. 무대 위에서 조명을 받으며 혼자가 된 나는, 튤립무늬의 털실바지를 하늘 높이 쳐들고는,

"정말이란 말이에요. 예쁜 꽃이었는데…."

라고 외친다. 마무리 포즈를 취한 나를 향해 객석에서 주전자, 물컵이 날라왔고, 머리 위에서는 '이거 복사 부탁해'라고 씌어진 서류가 끊임없이 쏟아져 내렸다.

* * *

　조금 뜬금없는 예이긴 하지만, 이런 경우와 비슷한 일이 현실에서는 늘 일어났고, 나는 그런 일에 찌들어 지내기는 싫었다. 아주 작은 일들에 화내고 잔소리만 하던 상사와도 안녕, 점심 때 시덥지 않은 얘기만 늘어놓던 동료들과도 안녕. 나는 말끔하게 짐을 정리하고, 책상을 닦았다. 안녕!

　"다음에 놀러 와요."

라며 마음에도 없는 인사를 하는 동료들의 말과, 내가 실크모자에 넣은 것보다 훨씬 초라한 꽃다발을, 나는 진심으로 거부했다.

　"앞으로 또 만날 일 없겠지만, 잘 지내세요."

　처음으로 낸 용기이다. 어이없어 하는 동료들에게 휙 등을 돌리고, 나는 이 직장에 다닌 이후로 처음으로 당당하게 등을 꼿꼿이 펴고 사무실을 나왔다. 상사의 눈치만 슬금슬금 살피던 내 모습과도 안녕. 약속이 있어도 먼저 직장을 나설 용기가 없어서, 화장실 가고 싶은 걸 꾹 참는 아이처럼, 누군가가 먼저 나가기만을 시계를 보며 불안해 하던 나와도 안녕. 전혀 흥미가 없는데도, 어느 회사에서 새로 나온 가을 색상 립스틱이 이러쿵 저러쿵 하는 시시한 이야기에 '아, 그렇구나!' 하며 고개 끄덕이던 나와도 이제는 안녕. 안녕…….

　회사에 안녕을 고한 나를 가족들은 따뜻하게 맞아 주었다.

　"집에서 당분간 편안히 쉬어라. 느긋하게."

취직한 이후로 얼굴빛에 생기가 없어지고, 머리결도 푸석푸석해졌다고 투덜대는 내 '메마름' 현상을, 줄곧 걱정하던 어머니.

"눈코 뜰 새 없이 일만 하는 시대는 지났잖니? 네가 하고 싶은 게 뭔지 잘 생각해 보렴. 슬로우 라이프 시대니까."

학생운동, 포크송과 함께하던 청춘을 자랑스럽게 여기는, 개방적이고 이해심 깃든 아버지의 한 마디였다. 몇 주 전 아침. 갑자기 '회사 그만두겠다.'는 말에 꼬치꼬치 캐묻지 않고 '쉬는 것도 좋지'라며 조용히 받아주던 관대하신 부모님.

퇴직한 그날, 가족은 수고했다며 파티를 열어 주었다. 신경 좀 썼다며 아버지는 랑송(Lanson) 샴페인을 땄다.

"퐁!"

아버지는 코끝에 내려온 지적으로 보이는 둥근 안경을 오른쪽 집게 손가락으로 올리고는 빙긋이 웃으며,

"자, 축포다."

라고 말했다. 축포라고?

"오늘은 네가 주인공이니, 네가 우리한테 따라 봐라."

나는 아버지한테 샴페인병을 받아, 식탁을 둘러싼 나의 따뜻한 가족 한 사람 한 사람에게 축포의 거품을 따랐다. 제일 먼저 아버지. 너무 세게 따랐는지 바위에 부딪치는 파도처럼 잔에서 거품이 넘쳐 났다. 넘쳐 흐른 샴페인을 행주로 서둘러 닦았다.

다음은 어머니. 어머니가 잔을 점점 위로 올리는 바람에 따르기

가 버거웠다.

"엄마, 따르기 어려우니까 잔 좀 내려요."

라고 했는데 어머니는 못 들으신 모양이었다.

"당분간 집에서 재충전하고, 그리고 재출발하는 거다."

그러면서 또 잔을 치켜 올렸다. 재출발이라….

마지막으로 타마코. 아직 중학교 2학년이니까 투명한 와인 잔에

축포를 한 방울만 따랐다.

"언니, 이게 뭐야. 더 따라야지."

타마코가 잔을 들이밀었다. 나는 아무 말 하지 않고 메롱하며 혀를

내밀었다. 토라진 타마코를 달래듯 어머니가 웃으며 말했다.

"타마는 아직 중학생이니까 그것만 마셔라. 자, 건배하지. 언니

의 재출발을 위하여!"

타마코는 "타마, 타마."라 불리는 것을 고양이 이름 같다고 싫어하

지만, 태어난 이후로 14년간 주위 사람들은 모두 타마코를 '타마'라

고 불러 왔다. '타마＝타마코'인 것을 이제 와서 바꿀 수는 없는 일

이다. 그래도 나는 그녀의 의사를 존중해서 타마코가 초등학교를

졸업한 후부터는 '타마코'라고 부른다.

온 가족이 잔을 들고 건배를 외쳤다.

"건배. 힘내라! 파이팅!"

아버지가 나의 미래를 향해 미소를 짓는다.

나의 미래? 재출발? 건배? 힘내라….

나에게 뭘 기대하고 있는 걸까? 이런 내게…. 나는 단지 지금은 그냥 멍하니 지내고 싶을 뿐이다. 아무것도 하지 않고, 그냥 있는 듯 없는 듯 지내고 싶을 뿐이다. 모두들 이런 내 마음을 알고는 있는지…. 샴페인을 마시는 아버지의 빙긋 웃는 얼굴. 요리를 담아주는 어머니의 빙긋 웃는 얼굴. 제 마음대로 샴페인을 더 따르며 빙긋 웃는 타마코….

자칭 '요리왕'인 어머니가 '보통 때보다 신경써서 만들었다.'는 모듬덮밥 위에 올려진 달걀지단을 젓가락으로 집어 입에 넣으며 나는 생각했다. 아무도 모르네. 길고 긴 여름방학이 될 거라는 걸. 난 마음 속으로 '에구구, 휴우~' 하며 잔에 들어 있던 샴페인을 한 번에 들이켰다. 샴페인 거품에 목이 따가워 얼굴에서 열이 났다. 눈물도 그렇하게 맺혔다.

* * *

걱정 따위는 필요 없었다. 가족들이 내게 따뜻하게 대해주는 것도 잠시뿐. 하루 하루 달력을 넘길수록 부모님의 눈은 달이 차고 이그러지는 것처럼 변해갔다. 직장을 그만둔 지 한 달이 지났다. 어렸을 때부터 게을렀던 내 생활습관을 새삼 떠올렸는지, 나를 바라보는 부모님의 시선이 점점 매서워졌다.

재출발…, 그런 당치도 않은 말씀. 나는 그냥 이대로 멈춰 있고 싶다. 이대로 계속 뒹굴뒹굴거리며 둥둥 떠 있고 싶단 말이다. 물

속에서 허우적대며 자유형, 평형, 접영 같은 것은 전혀 하고 싶지
않다. 그냥 물 위에 둥둥 떠 있고 싶다. 수영장 한 가운데에서 팔
다리를 큰 대자로 쭉 펴고 떠 있고 싶다. 지금은 그 생각밖에 없다.

매일 늘어져 지내는 나를 보다 못한 어머니는, 8월에 접어든 어
느 무더운 오후에 '더 이상 못 봐주겠다.'며 오랜만에 듣는 잔소리
를 시작으로, 화를 퍼붓기 시작했다.

"넌 어찌 된 애가….'

"모두들 살기 힘들다고 난리인데….'

"언제까지 엄마 아빠한테 빌붙어 살래?"

이런 어머니의 잔소리는 오른쪽 귀로 들어와 그대로 왼쪽 귀로 빠
져나가, 머리 속에는 어느 하나 남지 않은 채 공중에 떠올라, 천정
에 채 닿기도 전에 비누거품이 터지듯 흔적도 없이 사라졌다. 나는
꼭두각시 인형처럼 기계적으로 '네, 네.' 대답하고 15초마다 한 번
씩 고개 숙이는 동작을 반복했다. 오랜만에 '못 살겠다.'는 어머니
한테는 이런 저자세를 취하는 것이 '해방'을 되찾을 수 있는 지름길
인 것이다.

"네, 네, 네…"(고개 숙이고).

"네, 네, 네…"(고개 숙이고).

"'네'라니! '네'라는 대답밖에 못 하니?"

나는

"엉?"

하며 '네'도, 떡방아 찧듯 기계적으로 끄덕이던 고개도 멈췄다.

"'네' 한다고 될 일이니?!"

어머니의 밤알같은 커다란 눈이 군밤처럼 달아올랐다. '네'만 해서는 안되겠구나 싶어, 나는 고개를 깊게 숙이며 이번에는 '죄송해요'라고 말해 봤다. 군밤같이 달아오른 눈에는 드디어 불꽃이 번뜩이고 있었다.

"'죄송하다'는 말로는 안돼!"

어머니는 목소리를 높였다. '죄송하다'도 아니면…, 대체….

"네, 네, 네 하며 머리 숙이면 뭐해? 전혀 마음에도 없는 걸. 너 엄마 말 제대로 듣기나 한 거니?"

그건 그렇다. 제대로 듣지 않았다. '네'를 반복하며 기계적으로 머리 숙이기 바빠서, 제대로 들을 여유가 없었다.

"'너, 반성하는 기색이 하나도 없네?' 해도, '네'. '엄마를 바보인 줄 아니?' 해도 '네'."

이런…. 대답을 멈추든 머리 숙이는 걸 멈추든, 둘 중 하나는 멈추고 말을 들어볼 걸 그랬다. 이것으로 이제 '해방의 길'은 멀어지고 말았다. 어머니는 한숨을 쉬고,

"따라와."

라며 일어섰다.

"어딜?"

어머니는 뒤돌아보며,

"잠자코 그냥 따라와."

어머니의 비장한 뒷모습을 쉽게 거부하지 못하고 나는 조용히 뒤를
따랐다.

세워진 지 40년 된 집. 5년 전에 이 세상을 떠난 할아버지가 지은
이층 목조건물이다. 우리 동네는 이른바 신도시라 불리는 지역이다.
주위를 둘러봐도 철근으로 지어진 멋진 집들뿐이다. 우리 집은 이
동네가 고급 주택지로 변모하기 전, 대나무 숲만 울창하던 시절에
할아버지가 지금은 상상도 못할 만큼의 저렴한 가격으로 땅을 사서,
집을 지었다고 한다. 40년이 된 집. 할아버지가 자랑스럽게 여기던
이 목조 이층집은, 여름에 안마당에 물을 뿌리면 시원한 바람이 집
안으로 불어와 너무나도 쾌적하지만, 겨울은 문틈 사이로 찬바람이
들어와, 보일러를 틀어도 스토브를 켜도 방이 미적지근했다. 2층에
있는 내방으로 가는 복도와 계단을 올라갈 때 추운 것이 너무 싫어
서, 틈만 나면 거실에 있는 고타쓰(일본의 난방 장치의 하나. 이불
을 덮어 사용한다) 안에 들어가 잠을 잤고, 그러면 이튿날 반드시
머리가 지끈거리고 몸이 나른해지곤 했다. 그럴 때마다 후회를 하지
만, 그때뿐이다. 여전히 지금도 고타쓰 안에서 뒹굴며 지낸다.

40년이 된 만큼, 복도는 한걸음 디딜 때마다 삐걱삐걱 소리가 난
다. 한밤중에 몰래 집을 빠져나가는 일은 전혀 생각할 수도 없는
일이다. 쥐 죽은 듯 고요한 밤중에 삐걱하고 내딛는 걸음이, 오케
스트라가 연주 전에 의식처럼 행하는 오보에의 튜닝소리처럼, 소리

가 전염되어 어둠 속 여기 저기서 메아리친다.

유치원 시절, 나는 삐걱거리는 복도가 무서워서, 한밤중에 혼자 화장실에도 못 가고 그냥 이불에 지도를 그리곤 했다. 어머니는 이불에 지도 그리는 일을 밥 먹듯 하는 나를 염려해서, 한약을 지어 주시곤 했다. 물론 한약은 쓰고 정말 맛이 없었지만, 그것조차 꾹 참고 먹을 정도로 한밤중의 복도가 무서웠다. 이불에 오줌 싸는 일은 확신범이었던 것이다. 아직까지 아무에게도 말한 적은 없지만 말이다.

* * *

한낮에도 어두컴컴한 복도를 지나, 어머니는 계단 앞 오른쪽 문을 열고 들어갔다. 불단이 있는 방이다. 다타미 6조 크기 정도 되는 방인데, 발을 들여놓으니 향 냄새에 코끝이 간지러워 나는 크게 재채기를 했다. 나는 향 냄새에 약하다. 필시 향 알레르기임에 틀림없다. 한 걸음 더 내디디니 재채기가 또 터져, 납작한 코를 세우듯이 콧등을 세게 잡아당겼다.

어머니는 못 말리겠다는 표정으로 나를 바라보고는, 불단 옆 서랍에 놓인 티슈를 두 세 장 뽑아, '자' 하며 건네 주었다. 나는 콧소리로 '고마워요' 하며 받아 코를 풀었다. 어머니는 불단 앞에 앉아서 양초에 불을 붙이고 향 하나를 꺼내 촛불에 대고 기울였다. 오른손으로 부채질해서 향에 붙은 불을 끄니, 하얀 연기는 우아하게 춤추듯 위로 올라갔다. 하지만, 그 우아한 춤은 또 내 코를 자극하여, 여섯 번이나 연거푸 재채기를 했다.

"너도 앉아서 향을 올려라."

어머니는 이번 재채기는 무시한 채 내게 말했다. 재채기 다음 증상으로 가려운 눈을 비비면서 나는 향에 불을 붙여 향소에 꽂으며 불단을 보았다. 거기에는 할아버지, 할머니의 위패가 나란히 놓여 있었다. 위패가 놓인 단 밑에는 작은 화병에 꽃이 담겨 있었다. 어머니는 매일 아침 화병물을 갈아 준다. 그리고 화병 사이에는 또 하나의 작은 위패가 놓여 있다.

불단 위를 올려 보면, 벽에는 할아버지와 할머니의 사진이 나란히 걸려 있다. 날카로운 매부리코가 멋진 할아버지, 쭈글쭈글 귀엽게 웃음짓는 할머니. 그리고 또 한 장의 사진. 할머니 옆에는 비글종인 타로의 촉촉한 눈망울이 귀여운 사진. 그렇다. 올려 놓은 꽃들 사이에 놓인 흰 위패는 타로의 것이다.

할머니는 7년 전에, 안마당에서 빨래를 널다가 갑자기 쓰러져, 그냥 그대로 이 세상을 떠났다. 할머니가 돌아가신 후 쓸쓸하게 지내시던 할아버지도, 그 뒤를 따르듯 5년 전에 뇌출혈로 의식을 회복하지 못한 채 저세상으로 가셨다.

타로는 세 달 전, 교통사고로 죽었다. 타로가 갑자기 죽은 후, 슬픔에서 채 못 벗어나던 어머니는 지금도 불단 앞에서 두 손을 모을 때마다 눈시울을 적신다. 타로가 우리 집에 온 것은 10년 전, 생후 1개월 되었을 때이다. 평소 잘 알고 지내는 이웃 아주머니가 키우던 비글이 새끼를 낳았는데, 그 중 한 마리를 얻어 키우게 되었다.

"많이 귀여워해 주세요."

라며 아주머니가 작은 상자를 어머니에게 건네 주었다. 상자를 받은 어머니의 가슴 언저리, 상자 안에서 타로가 쑥 하고 얼굴을 내밀었고, 눈을 마주친 어머니와 타로는 그 순간부터 서로 사랑하는 사이가 되었다. 이를테면 첫눈에 서로 반한 셈이다.

타로는 집에 오자마자 천식에 걸렸다. 타로를 타올에 싸서 꾸벅꾸벅 졸면서 사흘 밤낮을 간병한 것은 어머니였다. 소형 견이라 집 안에서 키우기로 했다. 집엔 여기저기에 오줌 시트를 까는 일은 어머니의 몫이었고, 시트가 없는 곳에 오줌을 싸거나, 이빨이 근질근질해서 이것 저것 닥치는 대로 물어뜯으면, 어머니한테 혼이 났다. 그럴 때마다 눈도 귀도, 꼬리도 축 늘어뜨리고는 텔레비전 뒤로 들어가 나오려 하지 않았다.

그러다가도, 어머니가 삶은 닭가슴살을 잘게 찢어 사료에 넣어 들고, 타로! 하고 부르면, 타로는 눈을 번쩍거리고 자동차 와이퍼처럼 꼬리를 흔들며. 텔레비전 뒤에서 뛰쳐나와 마치 아무일도 없었다는 듯 깨끗이 먹어 치웠다. 다 먹고 나면, 식사를 준비하고 있는 어머니에게로 가서 발등에 엉덩이를 깔고 기분 좋게 잠이 든다. 어머니는 감자껍질을 벗기면서 이렇게 중얼거렸다.

"정말 천방지축이라니까…."

빙긋 웃는 어머니눈에 가득한 사랑을 곁눈질로 알아차렸는지, 타로는 기쁜 듯 귀를 쫑긋거렸다.

그런 어머니와 타로의 천생연분 사랑은 10년 동안 계속되었다. 3개월 전 벚꽃이 지고 파란 싹이 돋아날 즈음, 조금 열려 있는 현관으로 나간 타로는, 차에 치어 죽고 말았다. 장 바구니를 양 손에 든 어머니 눈 앞에서. 귀에 익은 어머니의 발 소리에. 반가운 나머지 타로는 밖으로 뛰어나왔던 것이다. 어머니는 시장 바구니를 내팽개치고 타로에게 달려갔다. 길 바닥에 사과, 파, 양파가 굴러다녔다. 순식간에 천국으로 가버린 타로를 어머니는 꼬옥 껴안으며 흘러내리는 눈물로 타로를 따뜻하게 감쌌다. 단 한 줌의 어렴풋한 바램, 타로가 다시 눈뜨기만을 기도하며….

결국 타로는 그냥 그렇게 가버렸다. 어머니는 아직도 슬픔을 간직한 채 지내고 있다.

* * *

땡~ 종을 울리고 눈을 감고 경건하게 두 손을 모은 후, 어머니는 나를 노려보며,

"너도 합장해야지."

한 박자 쉬고는,

"타로한테…."

라고 했다.

나는 어머니가 시키는 대로 불단 앞에 앉아 하얀 위패를 힐끔 보

고, 내 코와는 상극인 향을 하나 더 올린 후, 가볍게 종을 땡 하고
울린 후 두 손을 모았다.

"건성으로 하지 말고! 다시 해."

다시 한번 종을 울리고, 이번에는 미간에 주름을 지어 보이며 합장
했다.

* * *

"너 말이지. 언제까지 그렇게 지낼래?"

무릎을 꿇고 앉은 터라 저려오는 발이 신경 쓰이던 나는, 고개를
숙인 채 아무 대답도 못하고 있었다.

"뭐든 말 좀 해봐."

나는 속삭이듯 중얼거렸다.

"…3년 동안 일했으니, 조금 더 이렇게 지내도 되잖아요. 엄마
도 마음 편하게 지내라고 해놓고서…."

나의 메마름은 이제 사막의 모래와 같은 상태였다. 잠깐 동안 침묵
이 흐른 뒤, 어머니는,

"뭐 하고 싶은 일은 없는 거니? 이렇게 지내면서…."

나는 솔직하게 대답했다.

"그냥 있는 듯 없는 듯 그렇게 지내고 싶어요."

어머니는 크게 한숨을 쉬고는 기가 막혀 할 말을 잃었다는 듯한 표
정이었다.

"있는 듯 없는 듯이라구? 그런데 너 이대로 지내다간 썩어서 다

이훈 단편소설집

시 사회생활하기 힘들어진다."

'사회생활'이라…. 정말 짜증나는 단어이다. 사회, 사회. 거꾸로 뒤집으면 '회사'이다. 아…짜증이 밀려온다.

"걱정 마세요. 언젠가 다시 사회생활할 테니까."

"매일 해가 중천에 뜰 때까지 자고, 밥 먹고 텔레비전만 끼고 살고…. 밖에도 통 안 나가고 집 안에서만 빈둥거리는 딸 자식 보면서 걱정 안 할 부모가 어디 있니?"

어머니는 그 커다란 눈으로 나를 뚫어져라 보더니, 참, 그리고, 하며 말을 이었다.

"맨날 같은 옷에 머리는 부시시해가지고. 직장 다닐 때는 그래도 봐 줄만 했지, 쯔쯧."

나는 내가 입고 있는 옷을 봤다. 재작년 월드컵 때, 축구광인 사촌이 시합을 보러 한국에 갔다가 사다 준, 'Be The Reds!'라고 쓰인 티셔츠. 그리고 몇 년 전에 산 파자마 바지. 낡아서 여가 저기 구멍이 나 있다. 파자마 상의는 지금 어디에 처박혔는지도 모른다. 그러고 보니, 나는 벌써 며칠 전부터 샤워할 때 빼고는 이 차림이었다.

"집에서 놀더라도 설거지나 빨래나 집안 일이라도 돕든지. 대체 생각이나 있는 애니?"

나는 그냥 고개만 푹 숙이고 있었다. 나도 잘 모르겠다. 내가 어떻게 된 건지…. 어머니의 한숨 소리가 안개 저편에서 들리는 기적 소리마냥 낮게 머리 위에서 맴돌았다.

"…대체 뭐가 문제인 거니?"

나는 울고 싶어졌다. 어찌 된 일이냐니. 난 그저 있는 듯 없는 듯 지내고 싶다. 단지 그것뿐인데….

* * *

현관쪽에서 멍멍 하는 요란한 소리가 들렸다. 어머니는 그 소리에 벌떡 일어나,

"세탁소에서 왔나 보다."

라며 서둘러 방을 나갔다. 현관문을 열면서 '안녕하세요?'하는 어머니 목소리가 들리자, 멍멍 짖는 소리는 더욱 요란해져, 조금 후 '죄송합니다'라는 어머니 목소리와 함께 현관문이 닫히는 소리가 들렸고, 그와 동시에 신경질적인 '멍멍' 소리도 뚝 끊겼다. 나를 향한 한숨과는 달리 작게 한숨을 쉬며 어머니가 방으로 돌아왔다.

"쟤는 보통 때는 얌전하면서도 모르는 사람만 오면 왜 저리 시끄러운지…."

불단 위에 걸린 타로 사진을 보며 어머니는 잠시 생각에 잠기는 듯했다.

"타로는 모르는 사람이 와도 저렇게까지는 시끄럽지 않았는데…. 타로는 사람을 좋아해서, 누구한테나 귀여움 받았는데…."

어머니 눈이 그렁거렸다. 타로 사진을 보고 뭔가 생각났는지, 어머니는 눈물 고인 벌건 눈으로 내게 말했다.

"너, 타마랑 번갈아서 쟤 산책시켜라."

나는 멍한 표정으로,

"네?"

하고 되물었다.

"타마가 아침, 저녁으로 쟤 데리고 산책하잖니. 그러니까 타마랑 교대로 아침 아니면 저녁에 산책시키라고."

어머니는 눈썹도 눈도 입도, 모두 45도로 치켜 올리며,

"그거라도 하란 말이다. 네가 단 30분이라도 밖에 나가 있어야 이 엄마가 덜 답답할 거 아니니."

어머니가 지난 한 달 동안 속으로 삭혀 왔던 말이, 드디어 입 밖으로 툭 하고 떨어지고 말았다. 나는 마지 못해 알았다고 대답했다. 그 방에서 대체 얼마 동안 그러고 있었는지 모르겠지만, 해방이 찾아오기까지는 그후로도 시간이 꽤 걸렸다. 그것은 발이 저린 정도를 봐도 충분히 실감할 수 있었다. 어머니가 방문을 여니, 검고 작은 '쟤'가 오도카니 앉아 있었다. 어머니는 곁눈질로 쟤를 힐끔 보고는 그냥 그대로 부엌으로 가 버렸다. 쟤는 어두컴컴한 복도에서 멀어져 가는 어머니의 뒷모습을 고개 돌려 바라보고 있었다.

* * *

다음날 저녁 하늘이 조금씩 붉은 기운을 띠고, 무덥던 하루가 거의 끝나, 나무도 길거리도 한숨을 돌릴 시간, 나는 드르륵 현관문

을 열고 빨간 목줄을 한 쟤와 함께 산책하러 나섰다. 오랜만에 보는 인간세계에 나는 순간 당황했지만, 하루가 시작하는 아침이 아닌, 끝날 무렵 저녁이라 '사회생활' 복귀를 위한 재활훈련 1단계로서는 그런대로 나쁘지 않은 것 같았다. 산책이 너무 좋아 쉴 새 없이 꼬리를 흔들어 대는 쟤에게,

"자, 가자!"

고 말을 걸었다. 쟤는 기쁜 듯 마구 뛰기 시작했고, 나는 그 뒤를 따라갔다. 잠깐, 여기는 반대 방향이잖아. 쟤가 나를 산책시키는 것 같은 꼴이 되고 말았다. 뭐, 아무래도 상관없지만….

'쟤'의 이름은 '존'이다. 존은 한 살 된, 검정색 미니어처 슈나우저로, 가슴에 회색 털이 조금 나있는데, 마치 별모양 같아서 제법 멋져 보인다. 타로가 죽은 후 기운 빠져 있는 어머니를 걱정해서, 몇 주 전에 어머니 친구가 사 주었다. 존은 와서 얼마 동안은 익숙지 않은 사람들과 환경에 며칠 동안은 낑낑 거렸지만, 지금은 완전히 익숙해져서 평화롭게 지내고 있다. '존'이라는 이름은, 아버지가 붙였다. 아버지가 제일 좋아하는 '존 레논'에서 따온 이름이다. 타마코는 존이 첫눈에 마음에 들었는지, 아직까지는 싫증 내는 일 없이, 산책도 시켜주고, 밥도 챙겨주고, 열심히 돌보고 있다. 나도 존이 귀엽긴 했지만, 원래 동물을 좋아하는 편이 아니라, 가끔가다 마음이 내키면 쓰다듬어 주거나 같이 낮잠을 자곤 했다.

존은 금방 가족들의 사랑을 한 몸에 받았다. 하지만 어머니는 좀

이상했다. 가족들 중에서 동물을 가장 좋아하는 어머니가, 존에게 만큼은 무관심하고, 조금 차갑게 대하는 것이다. 아침식사를 준비하는 어머니 발 밑에서 존이 털 뭉치 같은 꼬리를 흔들며 아침인사하러 다가가도 그냥 힐끗 보고 만다. 장보고 돌아오는 어머니를 기쁘게 맞아주는 존을 어머니는 무슨 날씨가 이렇게 덥냐고 중얼거릴 뿐 무시하고 만다. 조금 열린 욕실문 사이로, 작은 얼굴을 들이밀고, 존이 세수하는 어머니를 바라본다. 어머니는 수건으로 얼굴을 쓱쓱 닦고, 화장수를 듬뿍 적신 팩을 얼굴에 올린 후, 고개를 위로 한 상태로 욕실에서 나온다. 이번에도 무시한다. 아무리 봐도 존의 일방적인 짝사랑이다. 떨떠름한 봄나물맛 같은 존의 짝사랑. 무관심으로 일관하는 어머니에게 과감히 달려드는 귀여운 꼬리가 기특해서, 존의 사랑이 언젠가 이루어지기만을 바랄 뿐이다.

어쨌든, 나는 매일 저녁에 존과 함께 30분 동안 산책하게 되었다. 밖에 나가는 것을 좋아하는 존은, 4개의 다리를 재빠르게 움직이며, 앞을 향해 걸어간다. 나는 그런 존에 끌려가며, 하루 하루 시야를 넓혀 갔다. 첫날은 오랜만에 바깥공기와 한여름의 나무냄새를 맡기에 바빴고, 집을 나서서 돌아올 때까지, 대체 어디를 어떻게 걷다가 온 건지, 내 기억은 희미한 안개 속이었다. 다음 날은 횡단보도와 전봇대. 그 다음 날은 하얀 가드레일…, 눈에 들어오는 것이 점점 늘어났다. 이렇게 조금씩 시야가 넓어지는 것은 모두 존 덕택이다. 영리한 존은 아침마다 타마코와 가는 산책길을 모두 기억하고 있다. 그런 존 덕분에 나는 헤매는 일 없이 무사히 집에 돌아올 수 있었다. 존 덕분에 나의 시야는 하루에 5도씩 제자리로 돌아가고 있다.

　존과 산책한 지 일 주일이 지난 어느 날. 밖을 나서니, 쇼핑카트를 끌고 걷는, 등이 굽은 자그마한 할머니와 지나쳤다. 어디서 본 듯한 느낌에 물끄러미 할머니를 보고 있었는데, 할머니는 내게 가볍게 눈인사를 하고는 쇼핑카트를 끌고 가던 길을 갔다. 아, 그렇지. 어제 봤지. 어제 이 시간, 여기에서. 나는 할머니의 작고 굽은 허리를 뒤돌아 바라보았다. 존도 작고 빨간 혀를 낼름 내민 채로 내 다리에 딱 달라 붙어 뒤돌아 보았다.

　전봇대를 두 개 지나쳐, 할머니가 걸음을 멈추었다. 카트에서 무언가를 부스럭거리며 꺼내, 그것을 알루미늄 접시에 담아 전봇대 뒤에 살짝 놓았다. 그리고 집과 집 사이에 있는 나무 울타리 안쪽, 구멍 안에 숨겨진 무언가를 보고는, '위험은 사라졌다. 이제 나와도 돼'라고 말하듯, 가느다란 목소리로,

　"나와, 나와"

라고 했다. 뭐가 나오는 건지 싶어, 존과 둘이서 바람에 날리는 잡초처럼 몸을 기울여 보고 있었더니, 어두운 나무 울타리에서 흰 다리 하나가 요염하게 쑥 뻗어져 나왔다. 곧이어 '야옹～' 하는 관능적인 소리가 들렸다.

　잘 뻗은 몸매의 하얀 고양이 한 마리가, 마릴린 몬로처럼 엉덩이

를 좌우로 흔들거리며 오른 다리, 왼 다리, 보는 사람 애간장을 태우듯 천천히 울타리 구멍 안에서 나왔다.

"배 고팠지? 자, 먹어라."

하얀 고양이는 요염하게 야옹하고 한 번 울고는 오도독거리며 먹기 시작했다. 그 오도독거리는 소리를 들었는지, 건너집 담벼락 위에서 풍채 좋은 사장님 같은 갈색 고양이가 할머니를 향해 야옹, 탁한 소리로 인사하고, 아스팔트 위에 털썩 착지한 후 요염 고양이 옆에 뻔뻔하게 앉아 같이 먹기 시작했다. 할머니는 그 모습을 흐뭇한 얼굴로 지켜보며, 두 마리가 다 먹고 야옹하고 가볍게 인사한 뒤, 밥을 먹기 전보다는 훨씬 무뚝뚝하게 휑하니 가버리자, 알루미늄 접시를 카트에 넣고는 허리를 굽혀 천천히 덜그럭거리며 사라져 갔다.

나와 존은 고양이와 그 옆에서 미소 짓는 할머니를 전봇대 두 개 떨어진 곳에서 관찰하고 있었다. 할머니의 미소…. 초등학교 시절, 아무도 없는 방과 후 교실창문에서 본 외로운 운동장을 발견했을 때처럼 애틋해졌다. 이 할머니가 어쩐지 신경쓰인다. 오랜만이었다. 무언가가 '신경쓰이는' 느낌이. 멀어지는 그 할머니의 카트 끄는 소리를 느끼며, 나는 존에게,

"존, 그 할머니 어쩐지 분위기 묘하지 않니? 예쁜 할머니였지?"

존은 빨간 혀를 내밀고 별 이상한 소리 다한다는 듯, 머리를 오른쪽으로 갸우뚱했다.

"자, 가자."

우리는 다시 산책을 계속했다. 존한테 끌려 커다란 나무가 늠름하게 서 있는, 존이 좋아하는 공원에 갔다. 푸릇푸릇한 나뭇잎을 뒤집어 쓴 나무 밑에 들어가면 매미가 맴맴 하고 울어댄다. 나는 매미소리가 너무 싫고 짜증났다. 하지만 근래 어린이 프로그램에서 한 곤충박사가 나와 '매미는 땅 속에서 7년 동안 유충으로 있다가, 성충이 된답니다. 어른이 된 매미의 수명은, 대략 1주일에서 열흘 정도죠.'라는 말을 듣고 난 후로, 매미를 마음 넓게 봐주기로 했다. 그도 그럴 것이, 7년 동안이나 땅 속에서 고생하고 겨우 세상 밖으로 나왔으니까. 깜깜한 곳을 벗어나 눈부신 태양을 보면 감격한 나머지 호들갑스럽게 울어 대는 심정도 알 만하다. 그런 감동도 고작 1주일에서 열흘 동안이다. 산책을 평소보다 조금 늦게 가서인지 몰라도, 매미 울음소리는 어제보다도, 그저께보다도 어딘지 모르게 관능적인 소리로 귀에 울렸다.

* * *

그날밤 나는 타마코의 방에 가서 학원의 여름강의 숙제를 하는 타마코의 뒷모습을 안주 삼아 캔맥주를 마시고 있었다. 이제 그만 언니방으로 돌아가라며 투덜대는 타마코의 뒷모습을 보니, 문득 그 할머니의 뒷모습이 생각났다.

"타마코, 너 고양이한테 먹이 주며 다니는 할머니 본 적 있어?"
타마코는 휙 뒤돌아보고는 사냥감을 찾은 굶주린 사자마냥,

이훈 단편소설집

"고양이 할머니 말이지?"

라며 내 질문에 달려 들었다. 나는 그 기세에 다소 눌린 듯, 으, 응
하며 고개를 끄덕였다. 한 손에 경마신문, 귀 뒤에 빨간 볼펜을 끼
우고 우승 예상마를 점치는 사람처럼, 타마코는 연필을 오른쪽 귀
뒤에 끼우고, 팔짱을 낀 자세로 그 할머니에 대해 말해 주었다.

"그 할머니 말야, 고양이 할머니로 유명한데, 언니 몰랐어?"

나는 머리를 두 번 가로저었다.

"참, 언니도 언니다. 동네 일에 정말 관심 하나 없구나."

하며 크게 한숨을 쉰 후, 할머니에 대해 말을 이었다.

"고양이 할머니는 굉장히 큰 집에 살고 있는데, 왜 있잖아 공원
안쪽에 있는 하얀 벽돌집. 그 집이 할머니네 집이야. 거기서 쭉 혼
자 살고 있대."

오른쪽 귀에 끼운 연필이 메마른 소리를 내며 책상 위로 떨어졌다.
데굴데굴 굴러, 다시 방바닥 위로 떨어졌다.

"남편이랑 아들이 무슨 병에 걸려서 빨리 죽었는데, 그 뒤로 좀
정신이 이상해져서 동네에 있는 고양이들한테 먹이를 주고 다닌다
나봐. 동네 사람들이 모여서 고양이 할머니가 어쩌구 저쩌구 하며
말 자주하던데. 얼마 전에 존이랑 산책하고 있는데, 고양이 유령에
홀린 거라고 말하는 사람도 있던걸?"

"고양이 귀신에게 홀려 있다니?"

"응. 한밤중에 그 벽돌 집 앞을 지나가는데, 할머니가 야옹, 야

옹 소리를 내고 있더래. 담장 위에서 고양이 세수하는 걸 봤다
고⋯."

입에서 맥주가 새어 나와 바닥에 흘렀다. 타마코가 언니, 지저분하
게! 그만 좀 나가! 하며 조금 신경질적으로 말하길래, 나는 맥주를
들고 허둥지둥 방을 나왔다.

　　방으로 돌아와 남은 맥주를 다 마시고, CD를 들을까, 비디오를
볼까, 아니면 그냥 하던 대로 멍하니 있을까 고민하고 있는데, 작
은 노크소리와 함께 '자니?' 하는 어머니 목소리가 들렸다. 문을 여
니 어머니는 애써 무표정한 얼굴을 지어 보이며, '이거.' 하고 종이
한 장을 내밀었다. 동네 빵집에서 아르바이트를 구한다는 전단지였
다. 어머니는 '이 집은 직접 만들어 구운 거라 아주 맛있어. 주인
부부도 싹싹하고 좋은 사람이고. 그럼 자거라.'는 말만 남기고 아
래층으로 내려갔다. 나는 묵묵히 그 종이를 책상 서랍 안에 던져
놓고, 침대 속으로 들어갔다.

＊ ＊ ＊

　　다음날도 할머니는 쇼핑카트를 끌며 여기 저기 돌아다니며 고양
이들에게 먹이를 주고 있었다. 나는 할머니 뒤를 따라가 보기로 했
다. 좋아하는 공원으로 직행하고 싶은 존은 조금 칭얼거렸지만, 존
도 할머니가 신경 쓰였는지 마지 못해 나를 따라왔다.

　　전날과 마찬가지로, 요염한 고양이와 사장 고양이, 그리고 전봇

이훈 단편소설집

대를 3개 지나친 곳에서 얼룩 고양이 세 마리, 그리고 또 가다가 근처 이비인후과 병원 주차장 구석에 멈춘 할머니는 같은 알루미늄 접시를 꺼내어 먹이를 담았다. 주차장에서는 아메리칸 쇼트 헤어로 보이는 가족 네 마리가 일렬로 서서 기다리고 있었다. 태어난 지 얼마나 되었을까. 너무 귀여운 새끼 고양이의 에메랄드 빛 눈에, 나도 모르게 미소를 지었다.

나는 더 할머니를 따라 가고 싶었지만 '누나, 이제 그만 하고 공원에 가자'는 듯 존이 길 한 가운데에서 주저앉은 채 앞으로 나아가기를 거부했다. 아무리 줄을 끌어당겨도, 존은 저항했다. 꽤 고집 센 사나이다운 면이 있다. 나는 그런 존의 뜻을 존중하여, 발걸음을 돌려 공원으로 향했다. 존은 작은 꼬리를 분주하게 흔들며 깡충 뛰듯이 걷기 시작했다. 전봇대 2개를 지나 뒤를 돌아보았다. 고양이 가족들은 먹기에 열중하고 있었다. 늘 걱정 담긴 미소를 띠우며 고양이들을 지켜보던 할머니가 홀연 내쪽을 보았다. 그리고 슬로모션처럼 천천히 인사를 해 주었다. 처음으로 내 자신의 존재를 인정해 준 것처럼….

공원에 도착했다. 존은 풀숲에 몸을 문지르거나 냄새 맡고 돌아다니는 것을 좋아한다. 공원은 노면 전차 정류장 바로 앞에 있다. 집에서 바로 오면 7, 8분 정도 걸린다. 공원은 꽤 넓은데, 존이 좋아하는 그 멋진 나무 이외에 큰 나무가 몇 그루 더 있고 작은 연못도 있다. 연못에는 비단잉어가 헤엄쳐 다니고 봄이 되면 붓꽃도 핀다. 공원 한 켠에는 누가 키웠는지 오이나 가지가 열려 있고, 밭 손질도 아주 잘 되어 있었다. 그리고 고양이 할머니의 하얀 벽돌집은 이 공원 바로 후문 쪽에 있다. 다른 집들처럼 붉은 벽돌이 아닌 점이 어렸을 때부터 궁금하긴 했다. 낮이라도 가리는 듯, 공원 겹겹이 펼쳐진 초록색 저편 구석에 숨어 있는 하얀 벽돌집. 그랬구나. 그 할머니가 저기에 사는구나….

나는 이 동네에서 자라났다. 철이 들기 시작할 무렵부터 이 동네 공기를 마시고 자랐다. 그렇지만 정말 나라는 사람은 세상 물정은 커녕, 동네 돌아가는 일조차도 거의 모른다. 초등학교, 중학교, 고등학교 모두 집에서 2킬로미터 이내 거리였는데도, 학교에 관한 정보는 전혀 몰랐다. 어느 선생님이 무서운지, 자상한지, 누가 누구랑 사귀고 있는지, 사이가 나쁘다든지, 학교 근처 편의점 중, 컵라면 종류가 제일 많은 곳이 어디라든지…. 친구들에게 따돌림 받았던 것도 아니고, 아침부터 방과 후까지 책상에만 붙어 있는 내성적인 성격도 아니었다. 그냥 천성적으로 그러한 것들에 관심을 별로 갖지 않은 채, 지금까지 살아온 셈이다. 그게 좋은 건지 나쁜 건지 알 수는 없지만…. 그런 성격 때문에 지금까지 손해 본 적도, 상처받은 적도 없는 나로서는, 이대로도 상관없는데, 부모님 눈에는 이런 내가 가끔 무기력하고, 무관심한 사람으로 보이고, 심지어는 사회성 부족으로 보이는지, 딸 아이 장래가 염려스러운가 보다.

한 달 전에 만났을 때 입었던 옷이나 헤어스타일을 세세하게 기억하는 친구가 있다. 그것도 한 사람만 기억하는 것이 아니다. 몇 명이나 되는 사람을 기억한다. 그 아이는 중고등학교 때 친구인데, 기말고사 점수까지, 자기 것 이외에 친구 것까지 모두 기억한다고 한다. 가정과목에서 낙제점수를 받은 건 나도 기억하는데, 그 점수가 47점이라는 것까지 그 친구가 기억하는 것을 보고 감탄한 적이 있다. 그 친구가 내게 다니던 회사이름을 묻는데 대답하지 못한, 나의 이 뛰어난 망각력과는 비교할 수가 없다. 동료 이름조차도 어느새 머리 속에서 증발해 버렸다. 아직 한 달 하고 몇 주밖에 안 지났는데 말이다.

그러나 지금 나는 태어나서 처음으로 동네일에 관심을 갖고 있다. '고양이 할머니'이다. 내게 있어 할머니는 어디에서나 볼 수 있는 보통 할머니가 아니다. 완전히 '신비적'인 존재인 것이다. 허리가 구부러졌고, 몇 십 년은 되었음직한 낡은 카트바퀴를 가끔, 칠판을 손톱으로 박박 긁는 것처럼 온몸에 소름이 돋을 것 같은 소리를 낼 때도 있지만, 먹이를 접시에 담는 손가락의 우아한 움직임, 그리고 조금 슬픈듯한 미소는, 아무리 봐도 질리지 않는 영화의 한 장면과도 같다. 오늘은 어떤 고양이와 만나고 있을까…. 할머니를 발견한 지 일 주일 동안, 존과 나서는 산책길이 너무나도 즐거워졌다. 마음 같아서는 타마코가 가는 아침산책도 내가 가고 싶을 정도이다. 타마코 말로는 할머니는 아침에도 고양이에게 먹이를 주러 카트를 끌고 동네를 돌아다닌다고 한다. 하지만 직장을 그만두고 나서 계속 빈둥거리기만 하던 내가, 아침 일찍 일어나는 일은 확률 0.5%에 해당하는 행위이다. 타마코와 저녁을 먹은 후, 방에서 할머니에 대해 회의를 갖는다. 자매간의 대화내용이 동네의 고양이 할머니라는 것은 조금 우스꽝스럽기도 하지만, 역시 타마코는 내 동생이었다. 할머니한테 상당히 관심을 갖고 있는 모양이었다. 그날 그날 할머니와 고양이에 대해 정보를 교환하면서, 타마코와 나와의 우호관계는 자매가 된 이후 가장 좋았다.

* * *

산책에서 돌아와 현관에서 존의 발을 걸레로 깨끗하게 닦아 주고 있는데 뒤에서 벨 소리가 났다. 존이 짖을세라 나는 서둘러 존을 거실로 밀어 넣고 네, 네 하면서 종종걸음으로 현관으로 가서 문을 열었다. 거기에는 예쁘게 화장한 젊은 어머니와 초등학생 4, 5학년쯤 되어 보이는 남자 아이가 서 있었다. 예쁜 어머니는 가면 쓴 것 같은 딱딱한 표정으로

"어머님 계세요?"

라고 했다. 얼굴 인상과는 전혀 다른 탁한 목소리에 조금 웃음이 터졌다. 그런 내 웃음에 기분이 상했는지, 더 박력 있는 탁한 소리로, 매섭게,

"어머님, 계세요?"

라고 말했다. 나는 네, 잠시만요, 하며 도망치듯 부엌에 가서, 어

머니를 불렀다. 어머니는 저녁식사 준비를 하려던 참이었다. 무슨 일이지, 하며 가지를 생선구이기에 넣고, 내게 5분 후에 불을 끄라 며 앞치마를 풀고 현관쪽으로 갔다.

가지를 지켜보라는 말은 들었지만, 무슨 일인지 궁금해서 상황을 살펴보려고 전신을 긴장시키고, 살금 살금 걷고 있는데 누가 뒤에서

"언니!"

하며 목덜미에 바람을 불어넣는 바람에, 꺅, 하고 비명을 질렀다. 타마코였다. 타마코는 재빨리 내 입을 막았다.

"무슨 일이야?"

거의 자음밖에 들리지 않을 정도로 숨 죽여 물었다.

"또 한 건 했어, 또."

타마코는 녹즙을 마신 듯 쓴 얼굴을 했다.

"또 저질렀다구."

나는 어이없다는 표정을 지었다.

사실, 타마코는 어렸을 때부터 동네의 골목대장으로 유명했다. 나는 그런 명예로운 지위에 올라본 적이 없지만, 타마코가 필살기 를 개발하는 데에는 상당히 공헌했다. 그 중에서도 옆 동네 초등학 교의 골목대장과 대결할 때, 타마코를 승리로 이끈 '몽키빔'이라는 기술은, 개발한 기술 중 사상 최고의 금자탑이라 감히 말할 수 있 다. 원숭이처럼 꺅꺅 소리를 지르며 손톱을 세우고, 세게 할퀴듯 공격하는 것처럼 가장하다가, 상대방이 당황하는 틈을 타서 왼 다

리, 오른 다리를 번갈아가며 점프킥을 한다. 그리 자주 쓸 수 있는 기술은 아니었지만, 선수를 쳐서 이기는, 전광석화 같은 비밀의 무기인 것이다. 고등학생이었던 나는 중간고사 공부도 제쳐두고, 결투의 그날까지 타마코의 '몽키밤' 단련을 함께 했다. 꺅! 우히힛~ 꺄악! 매일 밤 계속되는 단련 덕분에 타마코는 무릎이 조금 까졌을 뿐, 대승리를 거두었다. 초등학교 졸업과 동시에 골목대장을 은퇴한 지 벌써 2년이 된다. 그렇기 때문에 '저질렀다'는 말은 이미 완전히 사어(死語)가 된 줄 알았는데.

* * *

"댁 따님이 우리 아들을, 자, 보세요, 머리를 주먹으로 때렸다구요."

젊은 어머니는 거칠게 자기 아들 정수리를 어머니에게 들이밀었다. 어머니는 고개를 끄덕이며,

"어머! 머리에 가마가 두 개네요. 공부 잘 하겠어요."

젊은 어머니는 인왕상(仁王像)처럼 눈을 부라렸다. 콧구멍도 벌름거렸다. 어머니는 아, 실례합니다. 그래서. 하며 뒷 얘기를 재촉했다. 예전에는 '따님 타마코가!!'라며, 집으로 달려 온 동네 아주머니들이 가끔 있었다. 왕년의 버릇이 돌아온 것이다. 오랜만에 일어나는 일인데도 어머니는 침착하게 대응하고 있었다.

"병원에 가서 X레이 사진도 찍었다구요."

"네? X레이 사진이요? 결과는요?"

남자 아이는 필요 이상으로 머리를 비비적거리며 만지는 자기 어머니 손이 싫어 조금 떨어지려 했지만, 그 어머니는 다른 한 손으로 아이 어깨를 꽉 잡은 채 놓아주지 않았다. 보기 보다 목소리만 거친 것이 아니라, 힘도 상당히 센 어머니인 것 같았다.

"별 이상은 없었는데. 그래도, 아주머니….."

남자 아이 어깨를 잡은 손이 조금씩 떨렸다. 쥐고 있던 부분에 주름이 지고, 아이는 어깨가 점점 무거워지는 것을 몸에 힘을 주며 꾹 참고 있었다.

"너무하지 않나요? 댁의 따님은 중학생이잖아요? 그런데 아무런 이유도 없이 초등학생 머리를 때리다니…."

그때까지 조용했던 어머니의 어깨가 '아무런 이유도 없이' 라는 말을 듣자 조금 위 아래로 움직인… 것 같이 보였다. 어머니가 무슨 행동을 취할 것 같은 예감이 들어 가슴이 콩닥콩닥 뛰기 시작했다.

"애야, 우리 딸이 널 아무런 이유도 없이 널 쳤니?"

남자 아이는 자기 어머니의 뒤로 숨듯이 뒷걸음치면서, 으응하고 어색하게 대답했다. 아마도 어머니 눈에서 무서운 광선이 빛발 쳤음에 틀림 없다.

"친 게 아니라 때렸다구요!"

젊은 어머니는 아직 기가 꺾이지 않았다. 어머니는 현관에서 벌어지는 일을 엿보고 있는 우리를 향해 날카로운 눈빛으로,

"타마! 너 거기 있는 거 다 알아! 이리 와 봐!"

갑작스런 어머니의 호출에, 타마코는 큰 소리로 네, 하고 대답하고는 당당하게 현관으로 나갔다. 역시 골목대장 출신이다. 타마코가 나타나자 남자아이는 겁을 먹은 듯 했고, 반대로 그 어머니는 더욱 흥분한 모양이었다. 타마코는 그들을 똑바로 쳐다 봤다.

"타마야. 너 이 애 쳤니?"

"응, 주먹으로."

젊은 어머니는 그럼 그렇지 하는 의기양양한 표정이었다.

"왜 주먹으로 쳤니?"

"친 거에 대해서는 잘 못했다고 생각해요. 죄송합니다."

타마코는 고개 숙여 사과했다. 무릎 꿇고 사과하라는 어머니의 엄한 말투에, 타마코는 시키는 대로 순순히 무릎을 꿇었다. 하지만 이대로 끝날 리가 없었다. 머리를 든 타마코의 반격이 시작되었다.

"하지만 전 아무런 이유도 없이 때린 건 아니에요."

"타마코 어머님 들으셨죠? 친 게 아니라 때린 거라구요…."

어머니는 쏘아 부치는 듯한 날카로운 시선으로 젊은 어머니 입을 다물게 했다.

"이 애들이 할머니한테 돌을 던졌어요. 할망구, 똥 할망구라고 하면서. 전 하지 말라고 몇 번이나 얘기 했는데, 계속 그러면 때려 줄 거라고…. 그런데도 존한테까지 돌 던지면서 내 말을 무시하잖아요. 그래서 내가…."

이훈 단편소설집

타마코는 폼 나게 오른 손으로 주먹을 쥐어 포즈를 취해 보였다.

"때렸어요. 때린 건 잘못했는데, 애들이 말을 안 들었거든요. 그리고 할머니한테 돌을 던졌다구요."

내 말 맞지, 하는 눈빛으로 타마코는 남자 아이를 노려보았다. 아이는 고개를 내저으며 점점 더 자기 어머니 뒤로 몸을 숨겼다.

"우리 애가 할머니한테 돌을 던졌다구?"

그 젊은 어머니도 성질이 보통 아닌 것 같았다. 그래도 경험상, 우리 어머니와 타마코팀이 한 수 위다. 젊은 어머니는 감정이 격해져 방향을 이탈하기 시작했다. 전장에서 냉정함을 잃는다는 것은 곧 패배를 의미한다. 흥분한 나머지 얼굴이 완전히 빨간 도깨비처럼 되었다.

"우리 애가 다른 사람한테 돌을 던졌다고? 말도 안돼. 우리 애는 절대 그럴 애가 아니야! 댁의 따님이 어디가 어떻게 된 거 아니에요?"

새빨간 도깨비로 변신한 남자 아이의 어머니는 사자가 포효하듯 무시무시한 소리로 거의 외치면서 말했다.

"돌을 던졌다는 증거라도 있니? 증거라도?"

그때 뒤에서

"제가 봤어요."

하는 목소리가 들렸다. 옆 집 아주머니로, 십 년 전에 타로를 주었던 분이다.

"아… 목소리가 커서 밖에까지 들리더라구요. 후후훗."

젊은 어머니는 갑작스러운 옆 집 아주머니의 등장에, 조금 냉정함을 되찾은 것 같았다.

"타마는요, 어렸을 때부터 애들이랑 자주 다투긴 했지만, 그것도 약한 아이를 지키거나, 괴롭히는 아이들한테 따끔하게 본 때 보여주기 위한 거였지, 아무 이유 없이 때리는 애는 아니에요. 이번 일도, 이 아이가 할머니한테 돌 던지는 걸 보고 주의를 줬는데도 듣질 않아서 모두 타마한테 한 대씩 얻어 맞은 거죠. 힘없는 할머니에게 돌을 던진다니, 말세야"

하며 아주머니는 빙긋 웃으며, 능숙한 침술사처럼 따끔한 말로 그 아이 어머니에게 일침을 가했다. 젊은 어머니는 분한 마음을 아이에게 풀려는 듯,

"너, 정말 돌 던졌어?"

남자 아이는 울상이 되어 겁 먹은 표정으로 그렇다고 대답했다.

"누구, 누구한테 던졌어?"

"…고양이 할머니."

라고 대답했다. 젊은 어머니는 자기의 잘못, 아들의 잘못을 전혀 인정하고 싶지 않았는지, 고양이 할머니에게 돌을 던졌다는 말을 듣자, 문제의 초점에서 완전히 빗나가 다시 소리쳤다.

"아니, 동네 도둑 고양이한테 먹이 주고 돌아 다니는 그 할머니 잖아요. 그 할머니 때문에 동네에서 도둑 고양이들이 버젓이 활개

치고 다니는 거라구요."

"그러니까 댁 말씀은, 나이 드신 할머니한테 돌을 던진 게 잘 한 일이란 건가요?"

어머니의 흔들림 없는 또박또박한 목소리가 결정타가 되어, 젊은 어머니의 진영은 우르르 무너져 그것으로 전쟁은 종지부를 찍었다.

"어쨌든. 우리 딸이 댁 아드님을 때린 건 사실이니까, 그것에 대해서는 사과를 드리죠. 죄송합니다. 제가 따끔하게 혼을 내겠습니다."

이렇게 해서 어머니는 정중하게, 하지만 우월감의 광채를 발하면서, 패배한 두 모자에게 고개 숙여 사과했다. 젊은 어머니는 일부러 시계를 보고는 아이가 학원 갈 시간이라며, 아이들 데리고 서둘러 나가 버렸다.

문이 쾅 닫히자마자 일시에 분위기가 부드러워졌다. 타마코가 히죽히죽 웃으며 옆 집 아주머니에게 다가가

"아줌마, 고마워요. 그런데 정말로 보신 거 아니죠? 난 저 애만 때렸거든요. 주먹으로 한대 툭 때리니까 엉엉 울어댔고, 그랬더니 다른 친구들은 재를 놔두고 도망쳤어요. 요새 애들은 싸움도 잘 못 하나 봐요…."

옆집 아주머니는 웃으며,

"아냐, 아줌마는 다 봤는 걸? 우리 집 텔레비전에 나오던데? 오랜만에 타마가 씩씩하게 싸우는 장면이…."

커다란 해바라기가 피듯 우리는 활짝 웃었다. 어머니가 타마코의

뺨을 가볍게 비틀며,

"이제 그만 좀 해라. 알았니? 중학생 여자애가 몸싸움이 다 뭐니?"
타마코는 아픈 시늉을 하며 끄덕거렸다.

부엌에서 무슨 타는 냄새가 흘러 나왔다. 어머니는 "앗! 가지."
라고 외치며 부엌으로 뛰어갔다.

"에휴~ 널 시킨 내가 잘못이지….."
생선구이팬에서, 새까맣게 타버린 가지를 꺼내면서 어머니는 나를
째려보았다. 그리고 그날 저녁, 우리는 반찬도 없이 국수만 먹어야
했다.

* * *

그로부터 이틀 후. 늘어지듯 더운 날. 나는 또 존과 집을 나와,
여느 때와 같이 할머니를 뒤쫓아 다녔다. 그날은 낮잠을 잔 탓에,
평소보다 늦게 집을 나갔다. 존의 엉덩이가 통명스럽게 움직였다.
좀 화가 난 모양이었다. 요염한 고양이와 사장님 고양이가 있는 곳
을 지나니 두 녀석은 각자 편한 곳에 자리잡고 누워 있었다. 벌써
식사가 끝난 것 같았다. 두 군데 정도 할머니가 들렀음직한 장소에
가 봤지만, 할머니는 이미 지나간 것 같았다. 우리는 이비인후과
병원 주차장을 향해 걸어갔다. 모퉁이를 돌아서니 주차장이 나타났
고, 거기에 멍하니 서 있는 할머니의 작은 뒷모습이 보였다. 나는
왠지 불길한 예감이 들어서 걸음을 서둘렀다. 할머니의 구부러진

이훈 단편소설집

작은 등이 가까워졌다.

　할머니의 가늘게 떨리는 뒷모습을 보다 살짝 밑바닥을 보았다. 할머니 발 밑에서 똑같이 멍하게 앉아 있는 어미 고양이와 새끼 두 마리. 그리고 차에 치인 작은 몸이 누워 있었다. 치여 죽은 새끼고양이의 입은 조금 벌어져 있었지만, 귀여웠던 에메랄드빛 눈은 꼭 닫혀 있었다. 출혈이 거의 없어서, 죽은 건지, 잠 자고 있는 건지 알 수 없는 작은 생명의 껍데기. 나는 오랜만에 아랫배에서 무언가가 치밀어 오르는 것을 느꼈다. 슬프다…. 슬프다는 건 이렇게 아랫배에서 자극이 밀려와 위, 가슴, 목을 통해 뺨과 눈까지 찡하고 뜨겁게 전달되는 거구나….

　나도 존도 조용히 슬픔에 젖어 있는 할머니 뒷모습을 바라보며 서 있었다. 지금까지 얼마나 많은 슬픔을 겪어 온 걸까. 실로 많은 슬픔을 겪은 뒷모습임에 틀림없다. 어느 하나 내려 놓지 않고 짊어지고 살아왔기 때문에 할머니 등은 이렇게 굽은 것이다. 분명히 그럴 것이다. 그런 할머니의 등이 또 하나의 슬픔을 짊어지게 되었다.

　"어머~, 고양이가 차에 치여 죽었잖아. 더럽게!"

뒤에서 여고생 몇 명이 떠들어댔다. 나는 뒤돌아 그들의 눈을 노려봤다.

　"정말 더럽다고 생각하는 거니?"

그들은 난처한 듯 서로 눈을 허둥지둥 맞추더니, 고개를 갸우뚱하고는 그 자리를 뒤로 했다. 나는 화를 낸 것이 아니다. 정말 묻고 싶었다. 영혼이 떠난 이 작은 몸뚱아리가 정말 더러운지 어떤지를.

나는 조용히 무릎을 꿇어, 죽은 새끼 고양이를 만졌다. 아직 따뜻했다. 그리고 부드러웠다. 솔직히 무서웠다. 죽은 고양이 새끼를 만지기를 조금 망설였고, 가져다 대는 손도 순간 조금 떨렸다. 그래도 이 아이의 죽음을 슬퍼하는 사람 중, 이 몸을 땅으로 되돌리는 역할은 내가 가장 적당하다고 생각했다. 나는 보물을 끌어 안듯이, 두 손으로 작은 몸을 안고 앞으로 걸어갔다. 뒤에서 존도 목줄에 끌려 따라 왔다. 할머니와 고양이들도 따라 왔다.

우리는 공원에 도착했다. 공원구석에서 햇빛을 받으며 싱싱하게 커 가는 오이와 가지밭 옆에 작은 구덩이를 파서 그 몸을 눕혔다. 그리고 오이와 가지의 생명을 키우는 그 흙으로 그 몸을 조금씩 덮었다. 빨리 다시 태어나거라. 그리고 다음 생에서는 더 오래 살거라, 하고 기도하면서….

완전히 흙으로 덮었을 때, 할머니가 내게 매끈매끈한 가지를 넌지시 주었다. 나는 볼록한 흙 무덤 위에, 그 가지를 꾹 꽂고, 눈을 감고 두 손 모아 기도했다. 빨리 다시 태어나거라. 다음 생에서는 더 오래 살아야 한다….

그날 저녁 식사 후 나는 타마코에게 그 얘기를 해 주었다. 얘기가 끝나자 타마코는 고개를 숙이고 잠시 눈을 감았다. 뭐하냐고 물어보니, 타마코는 귀찮다는 듯 '묵도'라 대답하고는 잠시 동안 가만히 그 작은 영혼을 위해 기도했다.

이훈 단편소설집

* * *

"누나, 누나…."

꿈 속 저편에서 누군가 나를 불렀다.

"누나, 누나…."

나는 천천히 눈을 떠 주위를 둘러 보았다. 머리맡 시계, 배 위에는 홑이불, 정리되지 않은 책장. 한밤중, 내 방에서 날고있는 느낌.

"누나…."

창가를 보니 이비인후과 주차장에서 본 새끼 고양이가 다소곳이 앉아 있었다.

"안녕하세요, 누나."

고양이가 사람말을 한다. 나는 섬뜩했지만, 놀라는 나를 무시한 채 새끼 고양이는 머리맡으로 내려와 이렇게 말했다.

"오늘은 우리 동생을 묻어줘서 고마워요."

아직 당황한 기색이 가시지 않은 나는,

"아, 네…."

"오늘은 동생이 하늘에 가는 잔치가 있어요. 사람들이 하는 장례식같은 건데…. 하지만 잔치에요."

"아… 장례식 잔치란 말이지…?"

새끼 고양이는 내 마음에 쏙 드는 그 에메랄드 눈을 별처럼 반짝거리며,

"엄마가 누나도 꼭 오시래요."

나는 그 말이 너무 반가웠다.

"정말? 나도 가도 된다고?"

고양이는 끄덕하고 눈을 활 모양으로 가늘게 뜨며,

"동생도 기뻐할 거예요."

나는 이불을 걷어차고 일어나, 그 새끼 고양이를 따라갔다. 계단을 내려가서 복도를 걸어갔다. 세운 지 40년이 된 집인데도, 이상하게 삐걱소리 하나 안 나고, 마치 물 위를 걷는 느낌이었다. 현관에서 타마코와 존이 기다리고 있었다.

"타마코도?"

타마코는 빙그레 웃고

"응. 얼마 전에 할머니한테 짓궂게 구는 애들을 혼내 줬잖아. 그래서 나도 초대 받았어."

옆에서는 존도 기쁜지 빨간 혀를 내밀며 헥헥 거리고 있었다. 나는 고양이 뒤를 신나서 리드미컬하게 걸어갔다. 잔치는 정말 오랜만이라며, 타마코도 설레는 모습이었다. 존은 작은 꼬리를 분주하게 흔들고 있었다. 평소 다니는 산책길을 지나 고양이는 공원을 향해 걸어갔다. 길 옆으로 노면전차가 지나다니는 큰 길이 나왔다. 공원의 나무에는 여러 색깔의 제등이 달려 있고, 무대에서는 노래 소리, 웃음소리, 손장단과 함께 가슴 뛰는 북소리가 조용히 잠든 동네 전체에 울려 퍼졌다.

쿵타, 쿵쿵타, 쿵타, 쿵쿵, 타타!

쿵타, 쿵쿵타, 쿵타, 쿵쿵, 타타!

고양이들은 저마다 노래하면서 원을 그리며 춤추고 있었다. 네 다리로 세 걸음 앞으로, 두 다리로 일어서 빙글 돈 다음, 다시 네 발로 세 걸음 앞으로, 그런 다음 일어나, 탁하고 앞발로 손 장단, 아니 발 장단을 한 번 맞추고. 그런 동작을 이어가며 춤을 추고 있었다.

우리는 공원입구에서 멈춰 서서, 고양이의 춤잔치를 바라보고 있었다.

"이리 와서 같이 춤춰요."

어미 고양이가 다가왔다. 하지만 왠지 망설여졌다. 우리가 끼어도 되는지, 고양이들이 춤추는 곳에 우리가 끼어도 되는 건지….

"우리는 고양이도 아닌데…."

타마코도 주저하는 것 같았다. 어미 고양이는 활짝 웃으며,

"그래요. 아가씨들은 사람이고, 게다가 존은 강아지이죠. 그리고 우리는 고양이고. 근데 그게 뭐 어때서요? 아무튼 같이 춤 춰요."

라고 권했다.

"그런데 뭐라고 노래하는 거지?"

나의 귀에는 야옹, 야옹 하는 소리밖에 안 들렸다.

"이건 고양이 말이에요. 아가씨들은 사람이니까 사람 말로 하면 돼요. 아가씨들은 사람이니까요."

고양이 모자가 우리 다리를 가볍게 밀었고, 우리는 춤추는 원 안에 다가갔다. 춤추는 고양이들도 같이 추자며 말을 걸어 왔다. 처음에

는 어설프게 춤추며 야옹, 야옹 중얼거렸지만 존이 멍, 멍 즐겁게 소리 내면서 신나게 춤을 추는 모습에 용기를 내어 나도 타마코도 점점 큰 소리로 노래하며 즐겁게 춤을 추었다.

춤추는 무리 중에는 요염한 고양이도 있고 사장님 고양이도 있었다. 개중에는 처음 보는 고양이도 있었지만 대부분은 할머니한테 먹이를 받아 먹는 모습을 본 적이 있는 낯익은 고양이들이었다.

……야옹, 야옹, 야옹, 야옹……

모두 초승달처럼 눈을 가늘게 뜨고 즐겁게 춤을 추고 있었다. 요염한 고양이는 허리를 돌리며 벨리댄스를 추듯 섹시하게 추었고, 사장님 고양이는 다른 고양이보다 박자가 느린 것도 개의치 않고 당당하게, 주차장의 새끼 고양이는 춤 잘 추는 어머니 주변을 깡총거리며 신나게 뛰어 다녔다. 모두들 자기 스타일대로 춤을 추고 있었다. 나도 내 스타일대로 춤을 추기로 했다.

야옹, 야옹….

* * *

춤추다 지친 나는 좀 쉬겠다며 춤추는 원에서 나왔다. 타마코와 존은 여전히 힘차게 춤을 추고 있었다. 이마의 땀을 손으로 닦으며 공원 주의를 빙 둘러 보았다. 존이 좋아하는 커다란 나무 아래에는 못 보던 벤치가 놓여 있었고, 잘 보니 기모노 차림의 고양이 할머니가 앉아 있었다. 즐겁게 손장단을 맞추며 고양이들이 춤 추는 모

습을 바라보고 있었다. 나는 할머니에게 다가가

"춤을 안 추세요?"

라고 말을 걸었다. 목소리 톤이 조금 높아졌다.

"난, 늙어서… 보고 있는 게 더 재미있네요."

할머니는 고양이 같은 눈을 하며 빙그레 웃었다.

나는 할머니에게 물어 보고 싶은 것이 너무 많았다. 왜 도둑 고양이들에게 먹이를 주는지. 왜 벽돌집에서 혼자 사는지, 왜 슬프게 웃는지…. 나는 그 앞에서 고개를 숙이고 머뭇거리고 있었다.

"앉지 그래요?"

따뜻한 목소리에 고개를 드니 할머니의 고양이 같은 눈과 마주쳤다. 나는 할머니 옆에 앉아 같이 손장단을 맞추었다. 할머니를 보니 할머니도 나를 보고는 낮에 본 그 쓸쓸한 웃음은 싹 가시고, 밝게 초승달 같은 미소를 띠었다. 나도 할머니 웃는 얼굴에 눈을 가늘게 뜨고 활짝 미소를 지었다.

그걸로도 충분했다. 더 이상의 말도 필요 없었다. 할머니와 서로 웃고, 손장단을 맞추며 함께 고양이들의 춤을 구경만 해도 만족스러웠다. 물어보고 싶었던 것이 뭐였지? 생각이 안 난다는 것은 그만큼 중요하지 않다는 것. 야옹, 야옹. 손장단을 치는 두 손에 힘이 들어간다. 이렇게 옆에 있는 것만으로도, 할머니가 조금씩 전해져 온다….

조금 후,

"저기, 무대 위를 좀 봐요."

할머니가 쪼글쪼글한 집게 손가락으로 똑바로 무대를 가리켰다. 그 손가락이 가리키는 곳을 보니, 오늘 저녁에 죽은 새끼 고양이가 힘차게 북 주위를 뛰어 다니고 있었다.

"즐거워 보이네요."

할머니는 끄덕거리며 배가 불러 기분 좋은 고양이처럼 웃었다.

"그리고 저기 북치고 있는…."

할머니의 말이 채 끝나기도 전에 타마코가 저것 보라며, 호들갑을 떨면서 달려 왔다.

"언니, 저기 북치는 쟤, 타로 아냐?"

나는 깜짝 놀라 천천히 북의 반대편이 잘 보이는 곳으로 걸어갔다. 고양이가 아닌, 긴 갈색 귀가 북 뒤에서 언뜻 보였다. 춤추는 원을 가로질러 무대 바로 옆에 다가갔다.

… 쿵쿵쿵, 쿵쿵타, 쿵타, 쿵쿵, 타타…

공원에 울려 펴지는 북소리. 힘차게 치는 타로의 모습. 긴 갈색 귀가 장단에 맞추어 오른쪽, 왼쪽으로 흔들렸다. 반대 편에서 북을 치는 고양이와 이따금 초승달 같은 눈으로 미소를 주고 받으며, 타로는 멋있게 북을 쳤다. 정말 멋지고 씩씩한 타로…. 타로! 나는 말을 걸어봤다. 타로는 더욱 힘차게 북을 쳤다. 북 소리는 공원에 있는 풀과 나무, 흙, 그리고 그 위에서 춤 추는 고양이들의 마음을 뒤흔들고 울리며, 하늘 높이 별까지 도달할 기세였다.

이훈 단편소설집

내가 무대쪽으로 손을 뻗으려 하자, 죽은 새끼 고양이의 어미가 다가와,

"여기는 저승에 속하는 것이라서, 이승 사람이 만지면 안돼요. 우리한테 별 해는 없지만, 무대 위에 있는 동물들이 나중에 곤란해진다더군요."

만지려고 뻗은 손을 서둘러 거두었다.

그리고 귀를 좌우로 흔들며 씩씩하게 북을 치고 있는 타로를 보면서, 나는 뒷걸음으로 벤치에 있는 할머니한테 되돌아갔다. 타로를 발견해서 흥분한 타마코는, 종과 함께 춤추고 있는 원에 들어가, 아까보다도 더욱 손발을 뻗으며 커다란 소리로 야옹, 아옹 노래 부르며 춤추고 있다.

"나중에 엄마한테 말해 줘야지."

그래. 어머니한테 말해 주자…. 각양각색의 제등이 떠다니는 한밤의 공원에서 고양이들이 춤추고 노래하는 가운데. 오른 귀 왼 귀를 흔들며, 둥둥 북을 치고 있는 타로의 멋진 모습. 타로가 치는 북의 음색. 공원에 있는 풀과 나무도 연못에 사는 잉어도 하늘에서 반짝이는 별들도 각자 하늘하늘, 반짝반짝 거리며 북 소리에 흔들고 빛났다고, 어머니에게 알려드리자. 타로는 행복해 보였다고. 건강해 보였다고. 그러니까 걱정하지 말라고….

할머니가 내 손등에 그 가녀린 손을 올려 놓았다. 고양이들에게 먹이를 줄 때의 우아한 손가락의 움직임이 눈에 보이는 듯 했다.

나는 겹쳐진 할머니의 손을 잡고 물끄러미 봤다. 예쁜 주름들, 아주 따뜻했다.

"손이 예쁘세요⋯."

할머니는 후훗 웃었다.

야옹, 야옹, 야옹, 야옹⋯⋯

춤은 계속 이어졌다. 나도 다시 춤추는 원 속으로 들어갔다.

야옹, 야옹, 야옹, 야옹⋯⋯

제등 불빛 아래에서 우리는 그렇게 계속 춤을 추었다.

* * *

아침 일어나니 나는 침대 위에 누워 있었다. 홑이불이 몸에 꽉 감겨 있었다. 여느 때와 다름없는 모습이다. 간밤의 잔치 모습을 머리 속으로 다시 떠올리려 해도, 초점 흐린 장면들뿐이었다. 나는 머리를 긁적이며 아래층으로 내려갔다. 현관에서 마침 타마코와 존이 아침 산책에 나가려던 참이었다. 존 목에 빨간 목줄을 끼우고 난 타마코가 신기하다는 눈으로,

"언니 왠 일이야? 이렇게 일찍 일어나고⋯."

하며, 현관 문을 열었다. 산책길에 나서는 타마코와 존의 뒷모습을 보면서 생각했다. '⋯그건 꿈이었나?' 현관 문이 힘차게 닫히는 소리를 들으며 나는 다시 생각했다. '⋯꿈이면 뭐 어때? 상관없어, 꿈이라 해도.'

나는 오랜만에 기분이 상쾌해졌다. 부엌으로 가서 아침 식사를 준비하는 어머니한테

"엄마, 안녕히 주무셨어요? 뭐 거들 거 없어요?"

하고 물어 보았다. 그런 나에게 어머니는

"대체 무슨 바람이 분 거니?"

하며 후훗 웃었다. 그리고 식탁을 닦으라며 행주를 건네 주었다. 나는 바싹 마른 행주를 받아 들고, 수도꼭지를 돌렸다. 힘차게 흘러 내리는 물에, 행주는 순식간에 물기를 빨아들였다. 나는 그것을 힘주어 꽉 짰다. 행주의 하얗고 깨끗한 바느질선이, '아 개운해!' 하고 말하는 것 같았다.

* * *

그날 오후. 나는 내 방 창문에서 동네를 내려다 보았다. 맞은 편 집에 있는 푸르게 우거진 큰 나무. 무슨 나무인지는 몰라도 가을이면 빨간 열매가 열린다. 어렸을 때 한 번 떨어진 열매를 집어 먹은 적이 있다. 그런데 너무 써서 혀를 내민 채로 서둘러 집에 와서 수돗물에 20분쯤 혀를 헹궜다. 그 쓰디 쓴 추억을 간직한 나무에서는 세상 빛을 쏘인 기쁨을 노래하는 매미소리가 끊임없이 이어진다. 가지런히 늘어선 지붕들. 그 너머로 새로 생긴 슈퍼마켓이 보인다. 파는 물건들이 좋다는 소문에, 생기고 나서 어머니도 세, 네 번 장을 보러 갔지만, 역시 다니던 데가 좋다며, 평소 단골인 슈퍼마켓

에 다닌다. 새로 생긴 슈퍼마켓 앞쪽에는 작은 교회가 있고, 그 길 건너편이 어젯밤 잔치가 열린 공원이다. 골똘히 어젯밤 일을 떠올리며 공원을 바라보고 있자니, 노면 전차 한 대가 지나갔다.

* * *

멀리서 들려오는 딸깍딸깍 하는 소리에 아래 길로 시선을 돌리니. 양산을 쓰고 한 손에 장바구니를 든 어머니의 모습이 보였다. 집을 향해 걸어 오는 어머니의 흰 치마에 그려진 커다란 꽃 무늬가 한들한들 흔들리는 모습을 나는 멍하니 지켜보고 있었다. 뒤에서 트럭 한 대가 천천히 다가 오고 있었다….

'멍멍!'

'멍멍?' 현관 밖에 존이 있다. 어떻게 나갔는지 존이 밖에 있다. 존은 어머니의 발소리에 반갑게 길로 뛰어 들었다.

"안 돼!!"

끼익……! 찢어질 듯한 브레이크 소리. 나는 꽉 눈을 감았다가 조심스럽게 눈을 열었다. 몸이 일순간에 얼어 붙고 손가락과 무릎이 조금씩 떨리고 있었다. 두근거리는 심장의 고동소리가 머리 속까지 울리고 있었다. 귀와 목, 그리고 온몸 여기저기서 울려대는 두근두근 소리가 부추기는 느낌에, 나는 창 밖으로 몸을 내밀어 아래를 내려다 봤다. 길에 굴러 떨어진 사과와 귤. 바퀴에 깔렸는지 뭉개진 두부와 계란. 여기 저기 날라간 슬리퍼와 양산. 그리고 존을 껴

안고 눈을 꼭 감고 있는 어머니. 어머니 품에서 존이 빨간 혀를 내
밀며 헥헥 거리고 있었다.

"조심하세요."

하며 퉁명스럽게 트럭은 가버렸다. 나는 아래층으로 내려와 현관
밖으로 나갔다. 어머니는 존을 안고 있었다. 내가 어머니 어깨를
만지려 하자,

"너, 왜 뛰어드는 거니?"

어머니는 품에 안긴 존의 머리를 쓰다듬으며 말했다.

"타로도 너처럼 뛰어들었다가 차에 치여 죽었잖니. 너까지 죽으
면 이 엄마는 어떻게 하라고…."

어머니의 눈에서 눈물이 뚝뚝 떨어졌다.

"작별인사도 없이 타로는 갑자기 저 세상으로 갔단 말야. 그게
얼마나 슬픈 일인 줄 아니? 아직까지도 이렇게 슬픈데… 힘들다
고…. 존, 알겠니? 다시는 절대 그러지마. 알았지?"

존을 더욱 꼬옥 껴안으며 어머니는 어린 아이처럼 흐느꼈다. 나는
아무 말 없이 주위에 널려진 사과, 귤, 슬리퍼를 주우며, 어머니의
흐느껴 우는 소리를 가만히 듣고 있었다. 어머니 품에 몸을 맡긴
존은 어느새 조용히 자고 있었다.

* * *

그때부터 어머니와 존의 연애가 불꽃처럼 타올랐다. 드디어 존

의 짝사랑이 이루어진 것이다. 아침에 부엌에서 리듬감 있게 파를 써는 어머니 발 밑에는 존이 다소곳이 앉아 있다. 어머니는 가끔 일손을 멈추고 존에게 미소를 보낸다. 거실에서 텔레비전을 볼 때도 존은 언제나 어머니의 무릎 위에 머리를 올려놓았고 어머니는 사랑스러운 듯 존의 머리를 쓰다듬었다.

"존은 이 엄마가 제일 좋지?"

어머니가 얼굴을 가까이 대니 존은 대답 대신 열렬한 키스를 선물한다. 타마코는 그런 둘을 힐긋 곁눈질로 보고는 홧김에 술 마시듯 잔에 있던 보리차를 한 입에 들이키고는,

"처음에는 엄마가 존한테 하나도 관심 없는 척 하더니…. 이거 뭐야. 갑자기. 존은 은혜도 모르지. 내가 얼마나 잘 해 줬는데…."

어머니는 존의 키스 세례를 받으며,

"얘는 무슨 말이니? 존과 엄마는 처음부터 좋아하는 사이였는데…."

타마코는 기가 막히다며, 학원에 갈 준비를 위해 2층으로 올라갔다.

어머니는 존의 곱슬거리는 검은 앞 다리를 잡고

"자, 누나랑 산책 가기 전에 타로형에게 저녁인사하자."

그리고 둘은 불단이 있는 방으로 들어갔다. 살짝 들여다 보니 염주를 손에 끼우고 눈 감고 기도하는 어머니 옆에 존이 얌전히 앉아 있었다. 기도하는 어머니의 옆 모습은 행복한 빛으로 가득했다. 타로 얘기를 어머니한테 보고할 필요가 없을 것 같았다.

이훈 단편소설집

* * *

불단이 있는 방에서 나온 존에게 목 줄을 끼우는데, 학원에 나서
는 타마코가 내려와 옆에서 신발을 신고 있었다. 왼쪽, 오른쪽 발
끝을 툭툭 치며 신발을 신은 타마코가 진지한 표정으로

"언니, 있잖아. 저기….."

뭔가 묻고 싶은 모양이었다. 나는 타마코의 다음 말을 기다리고 있
었다. 타마코의 얼굴도 잠시 일시정지 상태가 되었다.

"아니, 아무것도 아니야."

하며 다녀 오겠습니다, 인사를 하고는 그냥 나가버렸다. 나는 빙긋
이 웃었다. 존도 고양이처럼 초승달 같은 미소를 지었다.

"아니, 아직 산책 안 갔니?"

현관 앞에 물을 뿌리려는지 어머니는 손에 물조리를 들고 있었다.

"참, 엄마."

나는 생각이 난 듯 말했다.

"내일 말야, 그 빵집에 면접 보러 갈게요."

어머니는 눈이 휘둥그래져서 뭐라고? 했지만, 이내 '파안일소(破顏
一笑)'. 소나기가 지나간 후의 상쾌한 미소로 대답했다. 존이 멍멍
하며 산책길을 재촉했다. 누나, 빨리 가요, 하며. 나는 현관 문을
열었다. 여름 저녁의 촉촉한 공기. 한껏 들이쉬었다가 내뱉었다.

"자, 존, 출발!"

그래, 출발이다. 여느 때처럼 존은 털뭉치 같은 검은 꼬리를 바쁘

게 흔들며 앞서 뛰어 갔고, 나는 존에게 끌려가듯 뒤를 따라갔다. 아르바이트 첫 월급을 받으면 뭘 살까? 가족 모두에게 하나 하나 선물하기는 번거로우니까, 패밀리 레스토랑에서 한 턱 내면 되겠지. 존한테는 새 목줄을 사줘야지.

어디선가 자동차의 강렬한 브레이크 소리가 들려 왔다. 끼익! 고양이 할머니의 오래된 쇼핑카트가 생각났다. 그래, 할머니께는 새 쇼핑카트를 사드리자. 무슨 색깔 좋을까? 이런, 아직 면접도 하기 전인데, 일을 할지 어떨지도 아직 모르는데…. 이럴 때 속담으로 뭐라 하더라? 하늘을 올려다 봤다.

'떡 줄 사람은 생각도 않는데 김칫국부터 마신다.'

그래, 맞다, 그거였지! 이제는 모든 것이 눈에 들어온다. 가드레일, 전봇대, 가로수, 주차된 차, 자전거를 타는 아이들. 모두가 내 눈 앞을 지나간다. 하지만 나는 혼자가 아니다. 위를 올려다 보면 파란색에 조금 오렌지 빛깔이 섞인 노을진 하늘이 있다. 그 하늘에, 솜사탕처럼 머리 위를 떠 다니는 커다란 구름과 나를 끌고 가는 존은 어디까지나 같이 간다. 우리는 힘차게 쇼핑카드가 덜거덕 소리 나는, 언제나 가던 길을 지나 저녁공원을 향해 걸었다.

이훈 단편소설집

다시 서울에

"아이고!!"

지하철 문이 닫히려는 순간이었다. 문 바로 옆에 앉아 있었던 나는 그 '아이고' 하는 소리가 나는 쪽으로 눈을 돌렸다. 어느 아줌마가 닫히는 문에 얼굴이 끼이고 말았다. 서둘러 타려고 하다가 그랬는지, 얼굴이 끼인 아줌마의 번뜩거리는 눈과 마주쳐 뜨끔해진 나는 바로 시선을 돌렸다. 문이 열리고 얼굴이 무사히 빠지자, 다시 문이 쿵 닫혔다. 같이 있던 다른 아줌마들과 함께 '어쩌지, 이를 어째?' 하며 울상을 지으며 천천히 움직이는 지하철을 요란스럽게 두드리고 있었다.

"어머, 뭘 두고 내렸나보네….."

대체 뭘 두고 내린 걸까? 아줌마의 그 심각한 표정을 봐서는 예사 물건이 아님에는 틀림없다. 가방을 놓고 갔나 싶어서 머리 위를 보았지만, 거기에는 읽고 버려진 신문만 덩그러니 올려져 있고 손잡이만 흔들거리고 있을 뿐이었다.

그대로 멍하니 앉아 있었다. 조금 후 바로 옆자리에서,

"전화번호 모르세요?"

친절해 보이는 한 남자가 시골에서 방금 올라온 듯한 검게 그을린 얼굴에 뽀글뽀글 파마머리를 한 60대 후반 정도의 할머니에게 말을 걸었다.

"전화번호? 그런 거 몰러. 저 몹쓸 년들이….'"

아줌마가 두고 내린 것은 바로 그 할머니였다.

'말도 안돼….'

할머니는 혼자 투덜투덜 푸념을 늘어놓으면서 역을 두 개 지난 곳에서 내렸다. 승강장에서 팔짱을 낀 채 지하철을 노려보며 서 있는 할머니. 화풀이 할 데는 없지만, 도저히 분을 삭힐 수 없었는지 차가운 허공에 대고 소리를 질러댔고, 지나가는 사람들은 할머니 앞에서 잠깐 멈춰 섰다가, 다시 제각기 갈 곳을 향해 발길을 서둘렀다. 문이 닫히고 전철이 천천히 움직였다. 할머니는 미간에 주름을 지은 채, 바닥에 주저 앉아서는, 화낼 상대가 없으니 자신을 탓할 수밖에 없다는 듯이, 천천히, 그러다가 점점 세게 가슴을 쳤다. 아, 홧병이다. 지하철이 속도를 내자 할머니의 모습은 순식간에 멀어졌다.

홧병. 불(火)의 병…. 서울에 와서 처음 알게 된 병명이다. 복원된 서울 청계천 물가를 걸으며, 한국남자와 결혼한 친구가 들려주었다.

"우리 시어머님이나 친척 어른들은, 나쁜 일이 생기면 아이고, 아이고 하면서 가슴을 치거든? 숨이 턱 막힌다면서…. 그걸 홧병이라 부른대."

그렇구나. 할머니나 아줌마들이 '아이고' 하며 가슴을 치는 모습을 자주 본다. 그게 병이었단 말이지? 살짝 웃음이 나왔다. '가슴이 답답하다. 숨이 막히다'며 괴로운 표정으로 가슴 언저리를 문지르던 어머니 모습이 떠올랐다.

역시 어머니 몸 안에도 한국사람 피가 흐르고 있었구나. 얼마 전에 아버지 앞에서 잘난 척하며 홧병에 대해 설명했더니, 아버지는 흐음…, 하더니 딱 잘라서 이렇게 말했다.

"그거 그냥 심장이 울렁거려서 숨 막히는 거 아니냐?"

아버지는 한국에만 있는 특별한 병이 아니라며 가볍게 넘어갔지만, 나는 지금도 홧병은 한국에만 있는 병이라고 믿고 있다. '가슴 두근거림에 심장약 구심(求心)'이란 선전 문구가 있긴 하지만, 구심이 약효를 발휘하는 그런 증상이 아닌, 뭔가 정신적인 면이 작용하는 토착병이라고 지금도 믿고 있는 것이다.

처음에는 '말도 안 되는 일들'에 코웃음치고, 당황하고, 때로는 화도 나고 우울해지곤 했다. 내 안의 감정이 좌우로, 위 아래로, 주위에 하나 하나 반응하는 일이 매일 이어져, 일상이 너무나도 새롭고 자극적이었다. 하지만, 조금씩, 그러니까 아주 조금씩 하나 하나 반응하는 일에 지치고 말았다.

서울에 온 지 3년이 지나도 '말도 안 되는 일들'은 여전히 계속되었다. 급정거하는 버스 안에서 손잡이를 꽉 잡으면, 고정되지 않아 앞으로 미끄러지는 손잡이 때문에 몸이 60도로 기울어진다. 화장실에서 순서를 기다리고 있을 때 청소하는 아줌마가 오물을 만지던 고무장갑 낀 손으로 내 어깨를 꾹 움켜쥔다. 언제부터 그런 '말도 안 되는 일들'에 대해, 머리회전을 늦추고 최대한 둔감해지려 애쓰게 된 걸까…. 아마도, 그날부터이다. 그래, 그날부터인 것 같다.

친구 하숙집에 놀러 간 어느 날. 비가 주룩주룩 내리던 그날, 집으로 가려고 현관에서 신발을 신으려고 하니, 신발장에 넣어 둔 구두가 보이지 않아 당황해 하고 있는데, 나처럼 밖을 나서려던 한 여자가 신발을 신고, 우산꽂이에 꽂아둔 우산이 없어졌다며 짜증을 냈다.

"내 우산 누가 가져갔나 봐! 미치겠어!"

그러더니 내 우산을 펴서 훌쩍 빗속으로 뛰어가고 말았다. 바로 그날부터이다. 이튿날 흙투성이가 되어 여기저기 벗겨진 내 신발을 친구가 찾아내서 깨끗이 닦아다 주었다. 하지만 우산은 결국 돌아오지 않았다.

"재일교포? 재일교포는 일본에서 차별받고 고생한다면서?"

동정어린 눈길로 나를 쳐다보며 촉촉히 습기를 머금은 손이 내 두 손을 감싼다.

"우리는 같은 겨레. 같은 피가 흐르지."

그 말에 마음 속에서는 뭔가가 가라앉지 않은 채, 둔하고 불쾌한 소리를 내고 있다. 같은 겨레라고 하면서, 자기 친구들한테는 조금도 주저하지 않고 날 이렇게 소개한다.

"일본 사람이야."

라고…. 처음에는 내 나름대로 반박하기도 했다. 하지만 결국 나도 몰랐다. 내가 내 자신을….

"왜 일본에 살고 있는데 일본국적을 안 갖는 거야? 그거 더 편할 텐데…."

라고 조금 전까지 '우리는 같은 겨레야'라고 동정을 보내던 눈으로 물어오면 정말 난처했다. 왜 나는 재일교포임을 고집하고 있는가? 의문에 의문이 더해져 더욱 알 수 없었다. 지금은 재일교포에 대한 '본국인'의 '배려 없는 무관심'에 더 이상 한숨짓지도 않고, 둔감한 척 하며 바위가 되고 공기가 되어 버리는 재주를 터득하고 말았다. 마음을 사면의 벽으로 둘러싸고 귀를 막고 눈을 감은 채 둔감함을 가장했다. 한국사람들로 둘러싸인 나의 대학 생활. 외부에서 파고드는 한국적 자극에 감염되지 않도록 나는 보이지 않는 베일로 몸을 몇 겹으로 감쌌다.

수업이 시작되면 교수님이 출석을 부른다. 한 명씩 이름을 부르는 동안 내 이름을 놓칠세라 언제나 귀를 쫑긋 세우며 내 차례를 기다렸다. '이훈'이라는 말을 들으면 나는 언제나 긴장하며 네, 라고 대답한다. 대답한 후 뭔가 큰 일이라도 해낸 듯 휴우, 하고 한숨을 쉰다. 어느 날은 '네' 라는 대답을 들은 교수님이 이상하다는 표정으로 내 얼굴을 확인했다.

"자네가, 이훈인가?"

심장이 멈출 것 같았다. 현기증까지 났다.

"네…"

"자네, 혹시 남자친구 대출하는 건 아니겠지?"

'훈'이라는 이름은 한국에서 거의 100프로 남자 이름이다. 하지만 내 이름의 '훈'은 '薰'이지 '勳'이 아니다. 훈풍의 薰. 사나운 勳이 아닌 것이다. 주위의 웃음 소리에 둔감해지려던 마음 속 바다물결이 조금씩 일기 시작했다. 제발, 바다야, 가만히 좀 있어….

"자, 이훈. 이 페이지에 나온 시를 읽어 봐."

나 자신도 통제할 수 없을 정도로 떨리는 목소리로, 마치 피아노를 갓 배운 아이가 음표를 읽어가듯, 더듬거리며 한글을 읽어 내려갔다. 순간 주위에서 웃음이 터지고, 웅성거리는 목소리와 당혹해 하는 분위기가 밀려왔다. 이렇게 감정이 격앙되는 것도 오랜만이었다. 나는 울음이 터질 것 같았다. 그럼 어쩌란 말야? 내게는 '훈'이라는 이름도, 이 한글도 그냥 기호에 지나지 않는 걸…. 겨우 다 읽고 나자 다른 학생들도 한숨 돌렸는지, 팽팽한 긴장이 감돌던 분위기가 풍선 바람 빠지듯 천천히 오그라들고 있었다.

"자네, 교포인가?"

"……."

이훈 단편소설집

"친구와 한국말로 더 얘기해서 발음 고쳐야지. 교포니까."

교수님은 자신으로 인한 어색한 분위기를 쫓아버리려는 듯 크게 헛기침을 하고 다시 그 시를 낭독했다.

얼굴이 화끈거렸다. 책상을 박차고 교실에서 뛰쳐나가고 싶었다. 참을 수 없었지만, 결국 나는 책상과 의자에 꼭 달라붙은 채 가만히 앉아 있었다. 교수님의 이야기로 점점 화기애애해지는 교실 안에서, 나 홀로 붕 뜬 느낌이었다. 선생님이 무언가를 얘기하며 나로서는 도저히 해독불가능한 한글을 칠판에 흘려썼다. 주위 학생들은 그것을 보고 웃고 있다. 하지만 내게는 들리지 않는다. 귀에 이어폰을 끼우고 볼륨을 높여 음악을 듣는 것처럼 나는 자신의 밖과 안을 차단하는 일이 잦아졌다.

* * *

"한국말 잘 하네요."

택시를 타면 언제나 듣는 말이다.

"아니오, 잘 못해요."

"일본사람인가요? 재일교포인가요?"

"재일교포에요."

택시 운전기사 아저씨들은 재일교포라는 말에 마음이 놓이는지 일본이나 한국에 대한 자신의 생각이나 고민, 불만 등을 털어놓는 경우가 많다. 개중에는 사업 실패담을 늘어놓는 사람도 있다. 게다가 애인 있냐고 묻거나 외로울 때 같이 술이나 한 잔 하자고 꼬드기는 경우도 있다. 필시 재일교포라고 하는 나의 어중간한 입장이, 오히려 그들에게는 대화하기에 편한지도 모르겠다. 하지만, 내가 지쳐 있는지, 자신들이 말하는 내용에 관심을 갖고 있는지 어떤지, 솔직히 말해 내가 일본에서 자랐다는 사실조차 배려하지 않는다.

"요즘 우리 나라는 다들 어떻게 된 것 같아. 돈, 돈, 돈. 아침부터 빨리, 빨리, 빨리…."

한국어를 전혀 못했을 때, 서울 거리 여기 저기서 들려오던, 그래서 가장 먼저 알게된 한국말. '빨리! 빨리!'

"한국사람은 너무 바쁘게 살아…."

나는 의자에 기대던 몸을 일으켰다.

"옛날에는 말이지, 지금보다 여유가 있었거든. 그런데 왜 이렇게 바쁘고 정신없어졌는지, 왜 이렇게 경쟁이 심한 사회가 되었는지, 왜 그런지 알아?"

나는 좀더 몸을 앞으로 기울여,

"왜 그런데요?"

라며 아저씨의 대답을 기다렸다. 룸 미러로 보이는 아저씨의 눈빛이 확신으로 번뜩거렸다.

"그건 '가위 바위 보' 때문이야."

'가위 바위 보' 때문?

"그러니까, 조선시대까지는 모두들 느긋하게 살았어. 이기고 지는 거에 별로 신경쓰지 않는 민족이었는데 일본사람이 '가위 바위 보'를 퍼뜨려서 한국사람한테 경쟁을 가르친 거야. '가위 바위 보'가 경쟁사회를 만들어 버린 거라구!"

'가위 바위 보'가 한국을 오염시켰다며 침 튀기며 일장 연설을 하는 아저씨. 원인불명의 피로감이 또다시 밀려와, 나는 다시 의자 깊숙이 기댔다. '가위 바위 보' 이야기에 충격을 받았다기보다, 무심결에 기대했다가 또 맥이 빠져버려서였다. 또 기대를 하고 만 것이다. 학습능력이 전혀 없다. 여기 온 지 벌써 3년이 다 되어 가는데도 말이다. '카오루('薫'의 일본어 발음), 아무것도 기대말라니까. 돌아가자, 일본으로…. 시험도 끝났으니…. 그래 내일 당장 돌아가자. 내일 안 되면 내일 모레라도 가는 거야.'

'가위 바위 보' 택시에서 내려 아파트에 올라가 문을 닫자 휴대폰이 울렸다.

"가끔은 집에 전화 좀 해라."

수화기에서 나오는 어머니의 따가운 목소리가 귀를 찔렀다. 그 꾸지람조차 지금의 나에게는 서울의 추운 겨울밤에 포장마차에서 먹는 오뎅국물같이 따뜻했다. 내가 대답도 하기 전에 어머니는 심각한 목소리로,

"큰 일 났어. 할아버지말이야. 입원하셨어. 너, 방학이지? 빨리 집으로 와라."

할아버지가 입원하셨다고? 나는 너무 놀랐다. 할아버지는 매주 이

틀은 내과, 안과, 피부과를 순회할 정도로 병원과 친하게 지내는 분이지만, 여태까지 한 번도 입원하시는 걸 들은 적도 본 적도 없다. 왜 입원하셨는지, 병세는 어떤지 물어봤지만, 어머니는 '글쎄, 큰 일이라니까.' 하며 한숨 섞인 대답만 했다. '할아버지 입원'이라는 큰 구실도 생긴 참에, 다음 날 바로 여행사로 가서 이틀 후 떠나는 항공권을 구해서 일본으로 갔다. 커다란 짐가방을 짊어지고 공항에서 곧장 병원으로 향했다.

엘리베이터를 타고 내과병동으로 올라가, 어머니가 일러준 대로 병실을 찾아 갔다. 할아버지의 힘없는 얼굴을 상상하면서, 병실 문을 작게 두 번 노크했다.

"똑똑."

아무런 대답이 없었다. 하지만 텔레비전 소리가 굉장히 크게 밖에까지 들려 왔다. 한번 더, 이번에는 조금 더 크게 노크해 봤다.

"쿵쿵."

그래도 반응이 없었다. 설마 텔레비전을 보다 의식을 잃은 건….

"할아버지!"

황급히 문을 열었다.

"뭐야? 깜짝 놀랐잖냐."

저녁 후식으로 메론을 먹으며 할아버지는 뉴스를 보고 있었다.

＊＊＊

할아버지는 원래 당뇨증세가 있다. 계속 150선을 유지해 왔는데, 요즘 200을 넘는 일이 가끔 있어, 의사로부터 당뇨병 교육 삼아 입원하라는 진단을 받아 입원했다는 설명이었다. 어머니한테 세상에서 가장 이기적인 사람이라는 얘기를 듣는 나도, 나름대로 걱정이 되고 신경이 곤두서 있었는데, 그 말에 풍선이 오그라들 듯 온 몸에서 힘이 빠져 그만 작은 병실 소파에 털썩 주저앉았다. 그런 나는 안중에도 없는지 메론을 맛있게 먹고 있는 할아버지에게 나는 힘없는 소리로 물었다.

"할아버지, 당뇨병인데 병원에서 메론까지 나와요?"

할아버지는 빙그레 웃으며,

"병원이 얼마나 짠데 메론까지 주겠냐? 니 에미한테 사다 달라고 한 거지."

나는 크게 한숨을 쉬었다.

똑똑. 경쾌한 노크 소리와 함께 자상해 보이는 인상의 담당 의사가 들어왔다. 할아버지가 메론을 먹고 있는 모습에 당연히 흠칫 놀라 눈을 크게 떴다.

"저기 메론은 좀…."

라며 말꼬리를 흐리며 쓴 웃음을 지었다. 할아버지는 전혀 아무렇지 않은 표정으로,

"저기 선생님."

숟가락을 놓고 물 수건으로 입을 닦으며 말했다.

"메론은 좋은 거예요. 나한테는 약이라니까. 과당이 몸에 좋다고 모두 그러더구만. 그 중에서도 메론 과당은 전혀 해롭지 않다고 그럽디다."

내 당뇨병은 다른 당뇨병과는 다르다는 둥, 메론이 오히려 약이라는 둥 하는 전혀 근거 없는 말을 너무나 당당히 주장하는 할아버지의 태도에, 의사도 두 손 들었다는 듯이,

"그럼, 오늘은 그냥 드세요. 하지만 병원에 계시는 동안은 기본적으로 병원식사만 드셔야 합니다."

라며 도망치듯 병실을 나갔다.

"하하핫. 할 말이 막혀서 나가 버렸네 그려."

라고 할아버지는 빙긋 웃고는 다시 메론을 맛있게 먹었다. '가위 바위 보 한국 오염설'을 역설하던 택시 기사 얼굴과, '메론은 좋은 약'이라며 억지를 부리는 할아버지의 모습이 오버랩되어, 나는 고개를 절레절레 저으며 소파에 털썩 앉아 텔레비전쪽으로 시선을 옮겼다.

* * *

병원식사가 성에 안 찬다며 할아버지가 불평할 때마다, 어머니는 저녁시간에 맞추어 추어탕이나 된장찌개를 싸 왔다. 침대 옆 탁자 위에는 당분함유가 적은 과자와 귤 몇 개가 놓여 있었다.

저녁메뉴는 흰 쌀밥 200그램, 가자미 튀김, 국, 계란말이에 야채

이훈 단편소설집

무침으로, 병원 식사치고는 너무 잘 나와서 일반환자 식사인가 싶어 메뉴가 적힌 종이를 확인해 봤더니 '당뇨병식(A)' 라고 적혀 있었다. 특히 흰 쌀밥 200그램은 의외였다. 쌀밥이 당뇨병에 좋지 않다고 해서 집에서는 늘 보리나 현미를 섞어서 밥을 지었기 때문이다. 보기에도 맛이 진한 추어탕도 마찬가지였다. 물론 미꾸라지는 비타민도 많고 몸에도 좋다지만, 추어탕 염분은 상당이 높을 것임에 틀림없다. 병원식사는 영양분을 면밀히 계산해서 나오는데, 추어탕이나 메론을 먹으면 당뇨병 교육용 입원을 하는 의미가 전혀 없으니 드시지 말라고 몇 번이나 설득했지만, 그때마다 할아버지는,

"추어탕은 몸에 좋은 거란다. 메론도 그렇고. 나는 보통 당뇨병 환자랑 다르다니까 그러네."
라며 고집을 굽히지 않았다.

그러던 어느 점심시간이었다. 입원했는데도 혈당치는 높아만 간다고 한숨지으며 메밀국수를 먹는 할아버지 모습에 나는 웃음을 터트리고 말았다. 추어탕의 소금기는 괜찮다면서, 병원식사로 나온 메밀국수 장국에는 소금기가 많다며 물을 넣는 것이었다.

"저기, 할아버지. 그보다는 메론당분이 더 문제인 거 같은데요."
할아버지는 우물우물거리며 텔레비젼을 응시하고 있었다. 빈 메론 접시를 치우자,

"알았다. 메론은 지금보다 조금 더 얇게 잘라 먹으면 되지?"
라고만 할 뿐 결코 메론을 포기하지 않았다.

그런 할아버지가 사흘 동안, 메론도 안 먹고 기운 없이 말수가 적은 때가 있었다. 이유는 직전에 받은 MRI검사에서, 간에 작은 그림자가 보이니 한번 더 간기능 검사를 해야 한다는 진단을 받았기 때문이다. 검사결과가 나오기까지 사흘 동안은,

"메론은요?"

해도 작게 고개를 저을 뿐, 텔레비전만 보았다. 하지만 사흘 후 나온 재검사 결과에서 간에 이상이 없다는 말을 듣자마자,

"거봐라. 걱정할 거 없다고 했잖니."

하며 언제 그랬냐는 듯 원래의 씩씩한 모습으로 되돌아왔다. 그날 저녁에는 사흘만에 메론을 맛있게 먹었다. 조금 어이가 없으면서도 다시 기운을 되찾은 모습에 안심이 되었다.

***

퇴원해서 얼마 후, 할아버지는 갑자기 어둡고 곰팡내가 나는 창고에서 헌 물건들을 꺼내 정리하기 시작했다. 물론 하루 종일 아무 것도 하는 일 없이 빈둥거리던 나는 조수로 임명되어 저걸 갖고 오라, 이걸 갖고 오라, 저걸 버려라, 이걸 버려라, 명령대로 일했다.

"야, 이거 보거라. 이거 나리타산(成田山: 신사 이름)에서 이 할애비띠 해에 하카마(袴: 일본남자의 전통 의상) 차림으로 입춘 때 액막이 콩을 뿌렸을 때 쓰던 되란다."

라며 나리타산이라고 크게 씌어 있는 됫박을 자랑스럽게 내보이며,

"그때는 말이지…."

하며 추억의 에피소드를 한참 동안 이야기했다. 한참을 얘기하다가,

"너 때문에 빨리 할 수 있는 일도 못한다."

라고 괜히 내 탓으로 돌리더니, 다시 상자나 정리함에 가지런히 넣어두었던 물건들을 꺼내어, 또 그 물건에 얽힌 이야기를 하는 것이었다.

"후타바야마(双葉山: 옛날 유명한 스모의 요코즈나[橫綱: 스모 최강자])가 안고 있는 사람이 니 애비란다. 후타바야마는 대단한 술꾼이었지."

예전부터 열렬한 스모팬이던 할아버지는 스모 선수들이 모여 사는 곳을 드나들며 이것 저것 챙겨주면서 친하게 지냈다고 한다.

"오사카에서 스모 경기가 열리면, 니 할미가 삶은 닭을 상자에 넣어서 술이랑 같이 들고 몰래 뒷뜰로 갔지. 뒷문을 열어 놨었거든, 한밤중에 젊은 스모 선수들이 모여서 그걸 먹고 마시고…."

상자에서 또다른, 황소같이 우직하게 생긴 남자와, 젊은 시절 할아버지가 둘이 찍은 흑백사진을 발견하고는,

"이걸 봐라, 역도산이야! 이 사람은…."

하며 같은 스모 이야기이긴 하지만, 갑자기 후타바야마에서 역도산 이야기로 화제를 바꾸었다. 어두컴컴한 창고에서 쏟아져 나오는 옛 보물들이 등장할 때마다, 지금까지 듣지 못했던 할아버지의 옛 이야기가 아득한 기억 속에서 하나 둘 튀어나오기 시작했다.

성공하겠다는 일념으로 고향 경상북도를 떠나 오사카에 건너 온 것이 18살 때의 일이다. 능숙한 일본어와 타산적이지 않고 성실한 성격 때문에 사람들의 신뢰를 받았고, 종전 직후에는 암시장에서 많은 돈을 벌었다고 한다. 당시의 호쾌한 의용담에 관해서는 어렸을 때부터 아버지한테 들은 바가 있다.

"이건 저 상자에 넣고, 그리고 이건 쓰레기통에 버려라."
할아버지사(史)의 증인들은 할아버지의 손에 의해 하나 둘 에피소드의 주인공이 되어 화려한 무대 위에 올려졌다가, 상자나 또는 쓰레기통, 이렇게 명암이 분명하게 갈려서 정리되어 갔다. 목이 마르니 차를 가져다 달라는 말에, 부엌에서 차를 타서 낡은 물건들의 정리작업장으로 돌아오니 할아버지는 무언가를 손에 든 채 가만히 바라보고 있었다.

"할아버지?"

다시 한 번 할아버지를 부르면서 무언을 들고 있는지 어깨 너머로 살짝 보았다. 그건 바로 전에 할아버지가 보여준 후타바야마나 역도산 사진보다 훨씬 오래된, 왼쪽 절반이 잘린 사진이었다. 여기저기 얼룩져, 근시에 난시까지 있는 나는 더 잘 보려고 할아버지 어깨에 얼굴을 가까이 댔다. 갑자기 할아버지가 뒤돌아보는 바람에 턱이 어깨에 부딪혔고, 그 반동으로 쟁반에 들고 있던 찻잔이 크게 흔들려, 차가 쏟아졌다.

"에구, 깜짝 놀랬잖냐!"

나는 턱을 문지르며 할아버지의 마른 나뭇가지 같은 손가락이 감싸고 있는 오래된 사진을 바라보았다. 한복 차림의 소녀였다. 가늘고 긴 눈에, 시원한 인상을 주는 동양미인으로, 긴장한 탓인지 조금 굳은 표정이었지만, 신비로운 분위기가 느껴졌다.

"누구예요? 할아버지, 옛날 애인?"

장난으로 한 말에 '무슨 엉뚱한 소리냐', '이 바보야' 같은 대답을 기대했는데, 전혀 반응이 없었다. 계속 가만히 사진만 바라보고 있었다. 나는 할아버지 옆에 앉아 쏟아진 차가 쟁반에서 또 엎어지지 않도록 살그머니 내려 놓았다.

"… 이때 사진이 아직도 있었구나 …."

"네?"

할아버지는 사진을 보면서 혼잣말 하듯 이야기를 꺼냈다.

"이건 고향을 떠나기 전에 찍은 사진인데, 소학교 선생님한테 소개받은 혼마치(本町), 그러니까 지금의 명동에 있는 메이지야(明治屋)라는 인쇄소에서 일하다가, 거기서 잘린 후에 일단 고향에 내려갔지. 그러다가 한 밑천 잡겠다고 오사카에 온 거야. 그때는 나도 젊고 건장했지. 오사카로 오기 전에 찍은 사진이란다."

"그러면 이 여자는 애인?"

할아버지는 쯔쯧하고 혀를 차며,

"멍텅구리."

라고 했다. 나는 어렸을 때부터 할아버지한테서 자주 멍텅구리라는 소리를 들어서, 당연히 그건 일본말인 줄 알았다. 그런데 주위 친구들이 그 멍텅구리라는 말을 모르길래 할아버지한테 물어봤더니,

"바보야, 멍텅구리는 한국말이잖아. 멍텅구리같으니라구."

그때서야 멍텅구리가 한국말이라는 걸 처음 알았다. 한국에 와서 할머니가 오랫동안 일본에서 살았다는 친구한테,

"나도 '신도이(힘들다)'랑 '타마네기(양파)'가 한국말인 줄 알았어."

라는 말을 듣고, 내 얘기를 하며 서로 웃던 기억이 있다.

"이 여자애는 어렸을 때 같이 어울려 놀던 친구야."

"그냥 친구?"

"왜 자꾸 실실 웃는 게냐? 멍텅구리같으니라구."

할어버지는 나를 보며 끌끌 혀를 찼다. 그리고는 원래 자세로 돌아가 왼쪽이 찢겨 없어진 사진에 시선을 옮겼다.

"마을을 떠나기 전에 이 사진을 찍었지. 우리는 친오빠, 동생처럼 친하게 지냈단다. 오사카 와서 얼마 동안 낮에는 아는 사람이 하는 유리공장에서 일하고, 밤에는 친구 아버지가 하는 중고자전거 창고에서 일을 도왔는데, 그때 이 아이가 이 사진을 보내준 거란다. 근데 처음 보내올 때부터 여기가 이렇게 찢어져 있었지."

"그 찢어진 부분이 할아버지였던 거죠?"

"아마 그럴거다."

나는 대충 넘어가려는 듯한 대답에 웃음을 터뜨리며,

이훈 단편소설집

"'아마 그럴거다' 라뇨. 뻔하죠 뭐. 이 분이 할아버지 좋아한 거지 뭐."

"무슨 뚱딴지 같은 얘기를! 멍텅구리! 이건 자, 쓰레기통이다."

"네? 버리시려구요?"

할아버지는 아무런 주저없이 빛바랜 사진을 내게 들이 밀었다.

쟁반 위에 쏟아진 차를 보면서, 할아버지는 눈을 크게 뜨며,

"넌, 차도 제대로 못 타오냐?"

라고 호통을 쳤다. 나는 쟁반을 들고 일어나 다시 차를 끓여 오겠다며 그 자리를 나섰다. 방을 나가기 전, 할아버지를 뒤돌아보니, 어린시절 친구의 사진을 다시 물끄러미 바라본 후 쓰레기통에 넣었다. 그리고는 다시 구닥다리들로 가득한 상자를 뒤적거렸다.

부엌에 가니 어머니가 간식으로 같이 갖다드리라며, 할아버지가 좋아하시는 찹쌀떡을 올려 주었다. 찻주전자에 뜨거운 물을 따라 빙글빙글 돌린 후, 천천히 찻잔에 부으니, 뜨거운 김이 모락모락 올라왔다. 어머니는 올라오는 김을 보면서, 갑자기 가슴 언저리를 문지르며,

"아, 가슴이 갑갑하다. 여기가 꽉 막힌 것 같네."

라고 했다. 나는 마음 속으로 '그게 바로 홧병이야, 홧병' 이라고 되뇌이며, 차를 엎지르지 않도록 천천히, 그리고 조심스럽게 할아버지가 있는 방으로 가져갔다.

* * *

오사카에서 가장 큰 여름축제인 텐진(天神) 마쓰리가 돌아왔다. 올해 텐진 마쓰리에서 선보이는 불꽃놀이는 태풍으로 취소될지도 모른다는 일기예보와는 달리, 화창하게 개었다. 아침부터 주먹밥을 만들고, 바베큐재료 준비를 했다. 우리가 사는 아파트는 오오카와(大川)강 옆이라, 텐진 마쓰리 불꽃놀이가 매우 잘 보이는, 이를테면 특등석에 해당하는 곳이다. 아침부터 축제음악 소리, 구호소리가 바람을 타고 들려온다. 노래는 오늘 있는 퍼레이드를 위해 몇 주 전부터 연습이 이루어졌다. 거의 준비를 끝낸 나는 겨자색 유카타(浴衣:여름에 입는 키모노)로 갈아입었다. 언제나 오후 4시가 되면 산책 길에 나서는 할아버지를 부르러 방에 들어갔더니,

"모처럼 유카타로 차려 입긴 입었는데, 나 같은 늙은이 말고 같이 다닐 애인 없냐?"

라고 말은 하면서도, 조금 후 파나마 모자를 쓰고 등장했다.

"이건 토라야(유명한 모자 전문점)에서 특별 주문한 거야. 볼살리노 특급품이라구."

하며 자랑했다.

멋쟁이 할아버지와 유카타 차림의 나는, 늘 다니던 강변 산책길은 사람들로 북적거려서 피하기로 하고, 아파트 뒷길을 천천히 걸었다. 태풍진로는 빗나갔지만, 그 영향인지, 바람이 시원하게 부는 오후였다. 바람에 모자가 날아갈세라 신경을 쓰며 걷는 할아버

지 뒤를 나는 게타(일본 나막신)를 깔닥 깔닥 소리내며 걸었다. 강변 쪽에서는 마쓰리음악 소리가 바람을 타고 기분 좋게 들려왔다.

"애야, 한 번 이 할애비 고향에 좀 다녀오거라."

산책하다 늘 쉬어가는 공원벤치에서 할아버지가 불쑥 이렇게 말했다.

"산소에 좀 다녀오려무나."

"산소요?"

"그래. 고향에 다녀와. 내가 돈을 줘서 만든 조상님 묘가 있으니, 거길 좀 다녀오너라."

나는 갑자기 이유 모를 압박감을 느꼈다.

"할아버지, 저 실은 좀 지쳤어요. 일본에 완전히 귀국하면 안 될까요?"

할아버지는 벤치에서 일어나, 엉덩이에 묻은 먼지를 툭툭 털며,

"글쎄다. 니가 가고 싶다 해서 간 거 아니냐?"

"그건 그렇지만…."

그건 그랬다. 누가 가라고 떠밀어서 간 것도, 가지 말라는 걸 억지로 간 것도 아니었다. 내 스스로가 한국행을 정한 것이니, 그말이 맞긴 하다.

"그리고, 니가 대학교에서 한국문학 공부하는데, 중간에서 그만두고 돌아오면 남들이 의지가 약하다고 하지 않겠냐?"

하기야…, 그도 그랬다. 머리로는 나도 그렇게 생각하지만, 마음

이 길 잃고 헤매는 미아가 된 것 같았다. 울음이 나올 것 같았지만, 꾹 참고 '네' 하고 대답했다.

"어쨌든, 산소에 다녀오너라."

할아버지는 앞을 바라본 채 말했다. 할아버지는 잘 알고 있었다. 뒤돌아보면 울 것 같은 내 얼굴과 마주하게 될 것이라는 걸.

"네, 알았어요."

나는 시원한 바람을 얼굴 가득 받으며 미열이 남은 눈두덩이를 식혔다.

"근데, 서울에는 까마귀 별로 없지?"

"네?"

갑자기 무슨 말인가 했더니, 또 까마귀 얘기다. 할아버지는 왠지 까마귀 이야기를 자주 한다.

"듣고 보니 그런 것 같네요. 날개가 예쁜 검정새는 자주 보는데…."

까치, 한국에서는 길조라고 하는 새.

"그건, 왜 있잖니. 몇 년 전에 까마귀가 몸에 좋다고 소문이 퍼져서, 아줌마들이 잡아서 자기 남편, 자식들한테 먹여서 그래."

"음, 까마귀가 맛있을까요?"

"낸들 알겠냐?"

잠깐 뒤를 돌아 본 후, 특별 주문한 파나마 모자 뒤를 딸각딸각 게타 소리를 내며 따라갔다.

이훈 단편소설집

그해 불꽃놀이는 예년보다 성대하고 화려했다. 오사카의 하늘이 도톤보리(道頓堀: 오사카의 번화가)의 네온거리가 되어 버린 듯 했다. 오오카와 강을 오고가는 배에서는 사람들이 즐겁고 웃고 노래하는 소리가 들려 왔다.

＊ ＊ ＊

할아버지는 결심하면 바로 행동으로 옮기는 사람이다. 그것이 본인 혼자 행동하는 거라면 상관없지만, 다른 사람에게 요구하기도 해서 난처하기도 하다. 텐진 마쓰리 다음 날. 전날 밤, 마쓰리가 끝난 후에도 마쓰리가 끝난 것을 못내 아쉬워 하는 사람들이, 여기저기서 불꽃놀이하는 허무한 소리를 들으며, 할아버지와의 이야기를 곰곰이 곱씹어보다가, 어느새 잠이 들고 말았다. 일어나니 아침 8시였다. 옷만 주섬주섬 갈아입고, 부시시한 머리로 식당에 가니, 할아버지가 아침 샐러드를 먹고 있었다. 입을 우물거리며,

"여자아이가 늦잠만 자고….."

라며 샐러드를 입에 넣었다. 오일이 함유되지 않은 아오지소(차조기)맛 드레싱을 뿌린 샐러드였다. 나는 부엌에 가서 늘 하던 대로 카페오레를 만들어서 할아버지 옆에 앉았다. 샐러드를 다 먹은 할아버지는 삶은 달걀을 먹고 있었다.

"오늘은 반숙이 잘 됐네."

라며 두 입에 다 먹었다. 그리고 채소절임과 매실장아찌와 함께 식

사를 했다. 병원에서는 벌꿀을 넣어 시지 않게 만든 매실 장아찌를
먹어본 이후로는 매일 밥상에 올랐다. 한국 사람이라서 신 걸 못 먹
겠다는 할아버지는, 식초가 들어간 음식은 거의 손을 대지 않는다.

　아침 식사가 끝날 무렵 어머니가 할아버지에게 커피를 갖다 주었
다. 밥을 맛있게 먹고 나서 할아버지는 커피에 저칼로리 설탕을 넣
고, 데운 우유를 조금 넣어 스푼으로 저었다.

　"너 말이지, 당장 내일이라도 대구로 심부름 다녀와라."

식도를 천천히 지나 위 속에 들어간 카페오레가 올라올 것 같았다.

　"대구요? 내일?"

할아버지는 놀라는 나를 무시한 채,

　"조금 전에 전화해 뒀다. 카오루가 갈 거라고."

교토(京都)에 있는 가까운 친척 집에라도 다녀오라는 것처럼, 너무
나도 딱 잘라서 대구에 다녀오라는 것이다.

　"비행기표, 빨리 예약해라. 전화하면 금방 되지?"

　"금방이라니… 그런….."

이럴 때 말대꾸하며 반박할 수 있는 사람들이 부럽다. 난 당황스러우
면 입을 다물어 버리기 때문이다. 내가 바위처럼 굳어진 것을 할아버
지는 눈치 채지 못했는지, 맛있게 커피를 다 마시고는 일어나서,

　"나중에 할아버지방으로 와라. 고향에 갖고 갈 걸 챙겨두었으니
까."

일어난 할아버지는 으쌰, 으쌰하며 제자리 걸음을 두 세 번 하고는,

"오늘 커피가 좀 싱거웠다."

라고 한 마디 했다. 그리고 천천히 방으로 들어갔다.

* * *

　다음 날 가는 것은 무리였지만, 사흘 후, 나는 정말로 간사이(關西)공항에서 대구행 비행기 탑승수속을 하고 있었다. 탑승 카운터의 직원이,

"맡기실 짐은 있으십니까?"

　나는 '아니오' 하며 작게 머리를 젓고 시선을 떨구었다. 나는 세면도구, 화장품 주머니, 그리고 파자마가 들어간 조금 큰 가방과, 보스톤백을 들고 있었다. 보스톤 백에는 고향에 있는 큰 할머니, 작은 할아버지에게 드릴 선물로 가득했다. 안을 열면 나는 졸도해 버릴지도 모른다. '고향에 갖고 갈 것'이라며 할아버지 방에서 보스톤백에 넣은 것은, 할아버지의 속옷이었다. 아직 포장을 뜯지 않은 새 것부터, 몇 번 입었던 것까지 공간이 되는 대로 쑤셔 넣었다.

"이건 고급 앙골라 내복인데, 아주 따뜻하거든."

이라며 내복을 꺼내 온 할아버지에게 나는,

"이렇게 더운데 털이 북슬북슬한 내복을 갖고 가라구요?"

라고 하자 할아버지는 조금 쯔쯧 혀를 차며,

"멍텅구리, 너는 잘 모르겠지만 나이가 들면 추위를 더 타는 법이야. 시골에서 겨울을 나는 건 보통 일이 아니지. 지금은 고향 할

아버지, 할머니도 너처럼 이렇게 날도 더운데 무슨 겨울 속옷을 보내느냐고 할지 모르지만, 겨울이 돼봐라. 고맙다 할테니…."

할아버지가 가끔 들려주는 고향 이야기는 언제나 겨울이었다. 추운 겨울날 아침, 증조 할머니가 할아버지를 깨워 눈 속에서 무우를 캐게 했던 이야기, 툇마루에 널어 놓은 무우청이 꽁꽁 얼었다는 이야기, 집에서 소학교까지 몇 킬로미터나 되는 길을 매일같이 추위에 덜덜 떨면서 다니던 일. 그래서 할아버지의 고향은, 내게는 혹독한 추위의 땅이라는 이미지가 강하게 박혀 있다. 분명 할아버지 기억 속에도 가장 먼저 떠오르는 고향풍경은 새하얗게 눈 덮힌 모습일 것이다. 밖은 한여름인데, 에어컨으로 시원한 방에서 할아버지는 이건 비싼 거라고 자랑하며 모직내의나 두꺼운 양말 같은 것을 하나 둘 가방에 챙겨 넣었다.

"이걸 큰 할머니와 작은 할머니께 이 할애비가 주신 거라며 전해 드려라."

"큰 할머니? 할머니한테도 할아버지 속옷을 드리려구요?"

"할머니가 뭐 그런 거 따지겠냐. 따뜻하면 됐지 뭐. 갖다 드려."

이렇게 해서, 나는 속옷들로 가득 찬 보스톤백과 2박 3일 여정에 필요한 최소한의 물건들을 챙긴 가방을 어깨에 매고, 터벅터벅 출국 게이트를 향했다. 출국 게이트 앞에서 나는 갑자기 그걸 놓고 온 건 아닌지 싶어 서둘러 가방을 내려 놓고 지퍼를 열어 확인해 보았다. 가방 안에서 책 한 권을 꺼내었다. 책을 펼치니 다행히도 그

것은 책갈피 사이에 곱게 끼워져 있었다. 할아버지의 어린 시절 친구 사진. 왼쪽 절반이 찢겨져 없는 빛바랜 흑백사진이다.

탑승 게이트 앞에서 기다리고 있을 때나 비행기가 이륙하고 나서도, 나는 이따금 할아버지의 친구가 찍힌 사진을 꺼내서 바라보았다. 할아버지가 쓰레기통에 휙 던져버린 후, 몰래 주워 챙겨 두었던 것이다. 지금까지 수 십년이나 갖고 있던 사진을 지금에 와서 버리는 것은 아까와서, 무심결에 주워 들었다. 쓰레기통보다는, 고향에 보내는 것이 낫겠다 싶어 책 사이에 끼워 두었던 것이다.

시원한 눈매가 인상적인 그 여자아이는, 할아버지는 그냥 같이 놀던 친구라고 하지만, 사실은 그 이상이 아니었을까? 할아버지의 젊은 시절을 상상해 보았다. 아마도 지금과 마찬가지로 느긋한 성격이었을테지. 친구 이상의 감정을, 할아버지는 품고 있었을지 몰라도, 그 여자아이는 없었을 것 같았다. 사진 속 여자아이는 분명 그 마을에서 가장 인기 있는 인물이었을 것이다. 모든 남자 아이의 동경의 대상이었을 것이다. 어쩌면 마을 이장님의 외동딸이었는지도 모른다. 아니다. 혼자 일을 찾아 오사카로 떠나는 할아버지에게 '힘 내라'는 뜻으로 마을 친구들이 보내준 것임에 틀림없다. 여자아이는 부잣집에 시집을 갔겠지. 아니, 그건 너무 시시한 결말이다. 어쩌면 다자이 오사무(太宰治:1909~1948, 작가)처럼 여자의 마음을 흔드는 마력을 지닌 문학청년과 사랑의 도피행각을…. 이건 너무 멜로드라마 같네…. 이런 저런 상상을 하다보니, 비행기는

15분 후 대구에 도착한다는 안내방송이 흘렀다. 너무 빠르다. 아, 그렇지 서울보다 일본에서 가까우니 당연하구나. 다시 한국에 발을 들여놓는다고 생각하니 마음이 무거워졌다.

속옷선물로 가득한 보스톤백을 들고, 무거운 발걸음으로 공항 출구를 나왔다. 마중 나온 많은 사람들. 서울사람보다도 검게 그을린 사람들이 많다. 꼬불꼬불한 파마 머리를 한 아주머니도 서울보다 많았다. 분명 내 이름을 적은 종이를 들고 누군가가 마중나와 있을텐데 하며 사람들 무리를 둘러보았다. 모두 제각기 이름 적힌 종이를 들고 있다. 눈을 가늘게 뜨고, 집중해서 한글을 하나 하나 읽으며 확인하고 있는데, 옆에서,

"훈이니?"

라는 소리가 들렸다. 깜짝 놀라 목소리가 나는 쪽을 보니 꼬불꼬불한 파마가 아닌 단정한 헤어스타일에 흰 피부의 아주머니가 미소짓고 있었다. 그리고 그 옆에는 낯익은 온화한 얼굴. 어릴 때 일본에서 몇 번 만난 적이 있는 큰집 삼촌이었다. 한국말로 인사를 하니 삼촌은 아주 기뻐했다.

"니가 이제 한국말을 해서 할아버지가 기뻐하시지? 아지도 기쁘다."

아지? 라고 되물으니, 삼촌부부는 서로 눈을 마주치고 웃었다.

"여기 사투리야. 삼촌이나 아저씨는 아지, 숙모나 아줌마는 아지매라고 해. 아지, 아지매라고 해 봐"

이훈 단편소설집

시키는 대로 아지, 아지매라 불렀더니, 둘은 '그래, 그렇지'라며 웃었다.

아지가 보스톤백을 받아 들고 아지매와 나보다 몇 걸음 앞서서 바로 주차장으로 갔다. 아지매는 뒤에서 아지를 향해 손가락질하며 '경상도 남자는 다 이래.'라고 웃으며 잘 왔다고 나의 오른 손을 두 손으로 꼬옥 잡았다. 손을 잡고 걷는 것은 오랜만이었다. 게다가 이렇게 부드러운 손을 쥐고 걷는 것은 더욱 오랜만이었다. 어머니와 손잡고 걷는 것도 쑥스러워 하는 나인 터라, 아지매의 부드러운 손에 쥐인 내 손은 조금 긴장한 탓에 땀이 배어났지만, 그래도 기분이 나쁘지 않았다.

"식구들이 다 집에서 기다리고 계셔. 훈이가 일본에서 대구에 처음 왔으니."
차를 타고 나서야 조금 있으면 벌써 해질 무렵이라는 것을 알았다.

* * *

아지의 집 현관은 신발로 한 가득이었다. 안으로 들어가니 거실에 대략 15명 정도가 앉아 있었고, 부엌에서는 여자들이 바쁘게 식사 준비를 하고 있었다. 아지는 큰 할머니, 작은 할아버지 부부 앞에 나를 데리고 가서
"일본 할아버지 가장 큰 손녀딸 훈이예요"
라고 소개했고 나에게

"큰 할머니, 작은 할아버지께 큰절 올려야지?"

라고 했다.

나는 '아, 그거 말이구나' 큰절을 떠올리며 두 손을 가만히 눈 앞까지 올린 다음 그대로 무릎을 꿇고 고개를 숙였다. 큰절. 여자가 하는 정식인사가 큰절이라고는 들은 적은 있지만, 일본에서 제사할 때는 각자 대충 제 멋대로 절을 드린 터라 잘 할 수 있을까 걱정하며, 어색하게 고개를 숙였다. 고개를 숙여 절을 하니 큰 할머니가

"아이고, 잘 왔다, 잘 왔어."

라며 인사가 채 끝나지 않은 내 머리를 끌어안고 흐느끼기 시작했다. 옆에서 작은 할머니가 '아이고, 아이고.' 하며 내 어깨를 두드렸다. 엉겁결에 마치 두 할머니에게 레슬링 공격을 당하는 포즈가 되고 말았지만, 왠지 흐뭇했다. 나는 어렸을 때부터 손을 잡거나, 얼굴이나 몸을 비비는 것을 싫어했지만, 두 할머니의 소박한 환영 인사에는 마음이 따뜻해졌다.

따뜻한 환영에 기분이 고조되었을 무렵, 부엌에서 갖가지 요리가 날라져 왔다. 내가 좀 거들겠다고 일어서려 하자, 여기저기서 잡아끄는 손이 날라와, 너는 그냥 앉아 있으라며, 나를 눌러 앉혔다. 이 김치는 집에서 담갔단다, 이 전 맛 좀 보거라, 고기를 많이 먹으라며 흰밥 위에 여기저기서 젓가락으로 반찬을 얹어 주었다. '네' 하며 반찬을 입에 넣으려고 하니, 아지가 흐뭇한 표정으로 이쪽은 누구고, 저쪽은 누구 누구고, 하며 친척을 소개하기 시작했

다. 하지만, 내 머리로는 누가 누군지 바로 외우지도 못한 채, 그 냥 '네, 네' 대답만 할 뿐이었다.

주위는 내가 싫어하는 공장맛 나는 소주에 취해, 분위기가 고조 되고 있었다. 누군가가 갑자기 크게 외치니, 또 다른 큰 소리가 거 기에 합세했다. 큰 소리에 큰 소리가 점점 더해졌다.

"엄마는 내가 아들이 아니라고 귀여워해 주지 않았어."

"엄마가 언니한테는 늘 나보다 좋은 것만 사줬잖아."

"나는 출세할 수 있었는데, 주위가 안 받혀줘서….'

머리 속에서 서울의 혼란스런 소음이 떠올랐다. 오랜만에 한국의 우울함이 다시 되살아나는 느낌이었다. 그런 나를 염려했는지, 아 지매가 점점 수습이 힘들어지는 공간에서 나를 불러냈다.

"훈이, 피곤하지? 오늘은 일찍 자려무나. 내일 아침에는 작은 할 아버지댁에 가서 인사드리고 나서, 산으로 갈 거다."

"산이요?"

"그래, 산에 산소가 있거든."

* * *

방 한가운데 있던 보스톤백이 이부자리 펴는 데 걸리적거렸는지, 아지매는 보스톤백을 귀퉁이로 밀어 놓았다. 들고 온 보스톤백에 들어 있는 물건들. 흐뭇한 얼굴로 가지고 가라며 속옷을 들고 웃는 할아버지의 장난기 어린 얼굴이 떠올랐다. 아, 깜빡할 뻔했다.

"아지매, 큰 할머니랑, 작은 할아버지께 전해드리라고 할아버지가 주신 물건이 있는데요."

아지매는 빙긋 웃으며,

"내일 드리려무나, 내일. 참, 샤워하고 싶으면 아지매 침실쪽에 가면 욕실이 있으니 거기서 해라. 오늘은 푹 쉬고."

아지매가 방을 나가고, 나는 아지부부에게 줄 선물을 깜박했다는 사실을 깨달았다. '아, 어쩌지? 큰 일이네.' 늘 그렇듯이 눈치없고 둔한 내 성격을 한탄하며, 이불 위에 쓰러졌다. 그리고 그대로 잠이 들었다.

＊＊＊

할아버지는 '한국에서 성묘갈 때 새벽같이 집을 나서니, 마음 단단히 먹어라.'고 했었지만, 아지 부부는 오전 중에 가면 된다며, 여유있게 아침식사를 했다. 밥을 먹고 나서도 둘은 아침부터 눈물 짜내는 전형적인 드라마를 봤다. 끊임없이 비극이 닥치는 한 가족의 파란만장한 이야기로, 일본에서는 점심시간 이후에 방영될 법한, 복잡하고 끈끈한 애증이 얽힌 그런 드라마이다. 원래 감정의 기복이 심한 터라, 아침부터 그런 드라마를 보니 가슴이 답답해졌다. 아침에는 뭐니뭐니해도 경쾌한 스토리가 전개되는 NHK 연속 드라마가 최고이다. 드라마에서 비밀에 싸인 과거가 얽힌, 불륜으로 한 부부의 언쟁이 점점 심해졌고, 아지와 아지매도 간혹 쯔쯧

이훈 단편소설집

혀를 차거나, 아이고 하며 미간에 주름을 짓거나 했다. 아지매 쪽
을 보니, '저거 완전히 콩가루 집안이구먼.' 이라는 듯, 고개를 절
레절레 젓고 있었다.

드라마가 끝나자 아지매는 사과를 깎아 주었다. 한국 사과는 일
본보다 달지는 않지만 수분이 많다. 사각 한 입 깨물면 입 안 가득
사과주스가 퍼져간다. 드라마 때문에 끈끈해진 몸 속 피가 다시 맑
아진 느낌이 들었다.

"자, 그럼 슬슬 작은 할아버지댁으로 출발할까?"

준비를 다 하고 신발을 신고 나자 나는 그 사진 생각이 났다. 책
갈피 사이에서 사진을 꺼내어 살그머니 가방에 넣었다. 사진을 쓰
레기통에서 주웠을 때부터 마음을 먹고 있었다. 고향땅에 묻어 주
겠다고….

작은 할아버지댁에 갔더니 그 거실 소파에 앉은 작은 할아버지
부부와 큰할머니를 둘러싸듯 어제밤에 만난 얼굴들이 우리를 기다
리고 있었다. 분명 어제밤 잠을 자기 전까지 시끌벅적하게 말다툼
하는 소리가 들렸다. 할아버지의 '한국사람은 뱃 속에 있는 것을 다
쏟아내니까 목소리가 크단다. 하지만 다 쏟아내니까 뒤끝도 없지.'
라는 말이 생각났다. 모두 싱글벙글 웃으며 오순도순 과일을 먹고
있었다.

나는 인사한 후 큰할머니, 작은 할아버지 부부 앞에 보스톤백을
내밀었다. 작은 할아버지가 지퍼를 열고 가방에서 할아버지가 자랑

하던 앙골라 내복을 꺼냈다. 갑자기 가방에서 속옷이 나오자 다른 식구들은 모두 이상하다는 표정이었다. 나는 이런 무더운 여름에 겨울 속옷들을 갖고 온 이유를 설명하기 위해,

"저, 할아버지가 겨울에는 고향….."

작은 할아버지가 내 말을 가로막고는,

"그래 그래. 잘 알지. 여기처럼 꽁꽁 얼어붙는 겨울날씨에는 이런 따뜻한 속옷들이 얼마나 고마운지 모르지. 고맙다. 고맙구만 그려…"

라며, 내복을 끌어안고는 뺨에 비볐다. 할아버지의 추운 고향의 추억은 작은 할아버지와도 이어진 것이다. 몸은 떨어져 있어도 역시 둘은 한 핏줄을 나눈 형제라고, 양말과 속옷을 할머니들에게도 나눠주는 작은 할아버지의 모습을 보며 새삼 실감했다.

"자, 이제 산으로 가자꾸나."

라는 누군가에 말에 모두들 천천히 일어나 밖으로 나섰다.

* * *

30분쯤 차를 타고 우리는 산이라고 하기에는 조금 낮은, 언덕 밑에 도착했다. '산에 간다'는 말에 졸지에 등산하게 생겼다 싶어, 높은 샌들 굽이 내심 걱정되었지만, 가보니 샌들로도 거뜬히 올라갈 수 있는 작은 언덕이었다. 산소가 있는 언덕 밑에 작은 연못이 있었다. 그리고 그 건너에는 대구 시내가 보인다. 공장도 있고 아파

이훈 단편소설집

트도 있다. 떡, 생선, 고기요리와 갖가지 과일 그리고 놋 제기가 들어 있는 상자를 트렁크에서 꺼내어, 아지들이 산소로 옮겼다. 아지매들은 큰 할머니와 작은 할머니를 옆에서 부축하며 천천히 올라갔다. 나는 마치 소풍이라도 나온 듯한 일가족 뒤를 조금 떨어져서 따라갔다. 할아버지가 고향을 떠나온 이후의 공백을 한 걸음 한 걸음 확인하듯, 상쾌한 푸른잎 냄새를 맡으며 천천히 산소가 있는 곳까지 올라갔다.

작고 봉긋한 묘 두 개가 나란히 있었다. 한국의 묘는 어렸을 때 공원 모래밭에서 열심히 만들었던 산과 똑 같은 모양이다.

"훈아, 너희 증조할아버지, 할머니시다."

나는 손을 앞쪽으로 깍지 낀 채 '네, 네.' 하며 끄덕 끄덕했다. 아지는 그런 나를 보고는,

"너는 완전히 일본사람이네."

하고 웃었다. 일본사람은 왜 그렇게 고개를 자주 끄덕이느냐는 질문을, 다른 나라 사람도 자주 해오곤 했다. '훈이씨는 이제 한국사람 다 됐네요.'라는 말에도 마음 한 구석에서 반발심이 생기고, 아지처럼 '훈이 너는 역시 일본사람이네.'라는 말에도 왠지 거부감이 든다. 한국 사람도 아니고 일본 사람도 아닌, 나는 누구인가? 아무리 스스로에게 물어도 늘 정답을 알 수 없는 질문이다.

"훈아, 자리 까는 것 좀 도와 줄래?"

저쪽에서 아지매 목소리가 들려왔다. 나는 정신을 차리고 성묘

하러 왔다는 현실로 되돌아 와서 제물을 올리는 돌로 만든 상 옆에
놓인 자리 양끝을 아지매와 같이 잡고 펼쳤다. 그랬더니 안에서 작
은 지네가 두 마리 튀어나왔다.

"꺄악~~."

나는 비명을 질렀다. 그런 나를 보고 친척 모두가 손을 멈추고 웃
었다.

"산에 지네가 있는 건 당연하지."

아직 지네의 잔상이 남아 소름 돋은 내 어깨를 한 아지매가 가볍게
쳤다.

"근데, 아침부터 계속 신경이 쓰였는데…."

아지매는 내가 입고 있던 진한 카키색 치마를 가리키며,

"치맛자락이 이상해. 내가 밑단 좀 꿰매주랴?"

얼른 치맛자락을 살펴보았다. 그리고, 아아, 하는 쓴웃음이 나
왔다. 언밸런스 라인의 스커트이다.

"이건 원래부터 좌우 길이가 다르게 나온 거예요."

그러자 또다른 아지매 한 분이 치맛자락을 올리려 했다. 나는 그만
뒤로 물러섰다.

"이게 뭐야. 이상하다 얘. 집에 가서 당장 고쳐줄게."

나는 목소리에 힘을 주어,

"아니요, 이건 원래 이런 거예요."

라고 했지만 아지매들은 제사음식을 접시에 담으며 훈이 치맛자락

이 이상하다며 수근거렸다. 괜찮다고 해도 '이따 고쳐줄게.'라는 대답뿐이었다. '가만히 좀 내버려 두세요.'라는 말이 턱 밑까지 나왔지만, 꾹 삼키고는 요리 담는 것을 도왔다. 젓가락으로 생선구이를 접시에 담으려 하자, 뱃 속에서 구슬 같은 것이 짤랑짤랑 거리며 떨어지는 것 같았다. 무언가가 요동치며 폭발할 것 같았다. 가슴 언저리까지 치밀고 올라온다. 나는 애써 꾹 참았다.

제물을 다 올린 후, 우리는 두 개의 봉긋한 산을 향해 절을 했다. 작은 할아버지가 훈이는 먼 일본에서 왔으니 특별히 제일 먼저 혼자 절을 올리라고 했다. 나는 긴장하며 아지가 일러주는 대로 절을 했다. 뒤에서 소근소근 이야기하는 것이 들려왔다.

"어머, 쟤 절하는 게 틀렸네. 남자절을 하고⋯."

"또 틀렸어. 어쩔 수 없지, 뭐. 훈이는 일본에서 태어났으니까 일본사람이잖아."

"그런데 치마가 정말 이상하다."

"그래, 너무 이상하지?"

절을 할 때마다 나의 눈가가 뜨거워졌다. 참아야지, 되뇌이며 애써 억눌렀다. 식도까지 꽉 막히는 느낌이었다. 절을 끝내고 뒤돌아보니, 다들 빙긋 웃고 있었다.

"증조할아버지도 할머니도 훈이가 절을 잘 해서 기뻐하실 거다."

"잘 했어."

* * *

절이 모두 끝나고 산소 앞에서는 바로 잔치가 벌어졌다. 올린 법주를 음복하여 어제처럼 큰 소리에 큰 소리가 더해졌다. 웃음소리가 울려퍼졌다. 손장단 소리도 들린다. 나는 또다시 대학교 교실에서 그랬던 것처럼, 눈 앞에 앉아 있는 친척들과 격리된 곳으로 스스로를 끌고 갔다. '아무것도 들리지 않아.' 다른 사람들의 목소리가 멀어진다. 도저히 안되겠다 싶어, 나는 친척 한 사람이 춤 추는 것에 맞추어 손뼉을 치는 아지매에게

"산소 주변 좀 둘러보고 올게요."

하고 살짝 산을 내려왔다. 숨이 막힐 것 같았다.

제대로 포장되지 않은, 울퉁불퉁한 아스팔트 길을 나는 가끔 발을 헛디딜 뻔하면서 몽유병 환자처럼 어슬렁 어슬렁 내려갔다. 군데 군데에 물 웅덩이가 있었다. 며칠 전에 큰 비가 내린 모양이다. 앞 저쪽에서 파를 잔뜩 짊어진 할머니와 아주머니가 걸어오고 있었다. 스쳐지나가고 나서 '하아', 하고 크게 한숨을 내쉬었다. '난 대체 뭐하러 여기에 와 있지? 뭐 하러 왔을까?'

"아가씨, 치맛자락이 이상해."

치맛자락…. 오른쪽 눈에서 눈물이 떨어졌다. 파를 잔뜩 짊어진 할머니가 가까이 다가왔다.

"여기 치맛자락이 찢어졌잖아. 어떻게 된 건가? 엥? 우는 거여?"

'당신들 때문이야!'라고 외치고 싶었다.

이훈 단편소설집

"아, 아무것도 아니예요. 괜찮아요. 이 치마는 원래 이런 거니까."

할머니는 치마를 들어올리려 했다. 나는 그 손을 뿌리치려 했다. 그런데 그 순간 중심을 잃고 뒤로 넘어지고 말았다. 아팠다. 그리고 차가왔다. 보기 좋게 물웅덩이에 엉덩방아를 찧고 만 것이다.

나는 그만 어린 아이처럼 울음을 터뜨리고 말았다. 눈에서는 눈물이 줄줄 흘러내렸다. 내가 왜 이럴까 싶을 정도로 울음이 그치질 않았다. 할머니와 아주머니는 서로 얼굴을 마주보며 깜짝 놀래더니,

"뭐 그런 거 갖고 울고 그러나….."

하며 자상하게 머리를 쓰다듬어 주었다. 할머니 손에서는 흙냄새가 났다.

어디를 어떻게 걸어갔는지 모르겠다. 나는 할머니 손에 이끌려, 할머니 가족이 하고 있다는 칼국수 집에 들어갔다. 할머니는 내 치마를 벗기고(속옷만은 간신히 안 벗고 버틸 수 있었다), 큰 목욕수건을 허리에 두른 나를 할머니 방으로 데리고 갔다.

"아가씨, 가슴에 맺힌 게 많았나 보오?"

할머니는 옥수수차를 끓여 주었다. 다 큰 어른이 되가지고 그렇게 울다니, 그것도 처음 보는 사람 앞에서 엉엉 울었다는 것이 너무 창피해서 견딜 수가 없었다. 바늘방석에 앉아 있는 기분으로 무릎을 꿇고 앉아 있었다.

"너무 많이 참고 살면 안돼. 그게 바로 홧병이야. 너무 많이 참

고 살면 가슴이 답답해져서, 숨이 막히고, 그러다가 아까처럼 터지는 거지. 인내도 좋지만, 지나치게 참으면 병 나고 말아."

…홧병.

나한테도 한국사람 피가 흐르긴 하는가 보다.

＊ ＊ ＊

"뭐? 아가씨가 재일교포라구?"

할머니는 사과를 깎아 주었다. 사등분으로 잘라, 포크를 꽂아 내게 건네 주었다. 나는 사과가 꽂힌 포크를 받으며, '네' 하고 끄덕였다.

"우리 언니도 옛날에 일본에 있었는데."

할머니는 옛 생각에 잠기듯 말했다.

"그럼 최승희 알겠네? 유명한 무용가. 우리 언니가 최승희랑 친하게 지냈다던데…. 우리 언니도 최승희와 함께 일본에서 무용을 했거든."

나는 사과를 깨물었다. 사과는 오아시스가 솟아나는 샘물과도 같았다. 눈물이 모두 빠져나가 메말라버린 내 마음에 부드럽고 촉촉한 비가 내렸다.

"언니는 말야, 내가 보기에는 일본에 첫사랑 남자를 찾으러 간 것 같아."

할머니는 장난스럽게 웃으며 큰 비밀 이야기라도 폭로하는 듯 속삭였다. 나는 황급히 사과를 꿀꺽 삼키고는,

이훈 단편소설집

"그래서 만나셨대요?"

라고 물었다. 할머니는 호호 웃으며,

"아가씨도 참, 그때도 일본에 사람이 얼마나 많았는데…. 만날 리가 없잖아. 언니도 그 얘기 한 적은 없지만, 아마 못 만났을 거야."

그리고 고운 자개옷장에서 낡은 앨범을 한 장 꺼내서 보여 주었다.

"이거야, 한참 춤추던 때의 언니사진."

어떨 때는 하카타(博多)인형처럼 요염한 기모노 모습. 어떨 때는 차이나 드레스를 입은 섹시한 포즈. 그리고 어떨 때는 아름다운 흰 한복을 입고 힘입게 춤추는 모습이었다. 신비스러운 느낌의 눈매. 혹시나 하는 마음에 사진에 얼굴을 들이대고 뚫어지게 바라보았다. 무대화장이 너무 진해서 원래 얼굴을 가늠하기가 어려웠다. 하지만 길고 가는, 시원해 보이는 그 눈매는….

"저기 할머니 언니분은 지금…."

내가 관심 있게 사진을 보는 모습에 흐뭇해 하던 할머니의 표정이 순간 흐려졌다.

"6.25전쟁 때 북한에 끌려 갔지…. 그리고 어떻게 됐는지 몰라. 최승희랑 같이 사형됐는지도 모르지."

그건 그렇고, '칼국수라도 먹고 가. 우리집은 칼국수 맛있다고 소문난 집이거든.' 하며 할머니는 천천히 몸을 일으켜 방을 나갔다.

* * *

　나는 앨범을 넘기며 거기에 있는 무용가 사진을 가만히 바라 보았다. 아무리 봐도 알 듯 말 듯 했다. 조선시대 그림 속에 그려진 기생들도 모두 길고 시원한 눈매를 하고 있다. 무용을 하는 사람은 그런 인상을 가진 사람이 많은가 하며 포기하고 앨범을 덮어야지 하면서도, 앨범을 계속 넘겨 봤다. 그리고 제일 마지막 페이지를 넘겼다. 천천히 페이지를 넘기니, 거기에는…. 오른쪽 절반이 찢겨진 빛바랜 흑백사진이 눈에 들어왔다. 눈이 가늘고 오똑한 코를 가진 호리호리한 소년의 모습이다.

　'틀림없어! 할아버지야!'
뱃 속에서 펑! 하고 샴페인 코르크 마개가 터져, 그 기쁨의 거품이 가슴까지 끓어 오르는 듯, 흥분이 몸 속 깊은 곳에서 솟아올라, 몸 전체에 경련이 일어나는 것 같았다.

　사진 안에 있는 눈이 가늘고 코가 오똑한 소년은, 결코 느긋하기만 한 인상은 아니었다. 큰 뜻을 품고 드넓은 바다를 건너려는 각오가 얼굴에 선명히 새겨진 늠름한 소년의 모습이 거기에 있었다. 소년은 혼자 배에 몸을 싣고 거친 파도를 넘어 커다란 꿈만을 마음에 가득 품고 아는 사람 하나 없는 이국땅에 발을 디뎠다. 수많은 고생과 시련을 뚫고 많은 만남을 통해 지금의 애교 많고 사랑스러운 할아버지가 있는 것이다. 여든을 넘긴 나이에도 씩씩하고 확고한 의지가 느껴지는 쭉 뻗은 등줄기가 있다. '할아버지의 모험은 바로 여기서 시작되었구나!' 하고 나는 사진 속의 소년 얼굴을 애정어린 손길로 어루만졌다.

"칼국수 다 됐으니 나와."

라고 식당 쪽에서 할머니 소리가 들렸다. 나는 활기찬 목소리로, '네.' 하고 대답했다. 가방에서 사진 오른쪽 부분을 꺼냈다. 앨범 시트를 조심스럽게 벗겨 일본에서 데려온 여자아이를 소년 시절의 할아버지 옆에 나란히 붙였다. 약 60년 만에 하나가 된 사진. 첫 사랑은 언제나 쌉싸름한 것이다. 그들의 스토리가 시작된 것도 분명 이 시점부터임에 틀림없다. 서로 다른 길을 걷게 된 소년과 소녀. 60년 만에 하나가 된 사진을 한참 동안 바라보았다. 나는 이것 때문에 대구에 온 거야….

*　*　*

"빨리 나와."

할머니의 목소리와 발소리가 귓전에 울렸다. 나는 앨범을 서둘러 덮고 아쉬운 마음을 뒤로 한 채 방을 나왔다. 할머니는 손에 든 젓가락으로 입구 쪽을 가리키며,

"아가씨, 친척분이 찾아 왔는데…."

식당입구에는 얼굴에 땀을 흘리며 아지와 아지매가 서 있었다.

"훈아, 걱정했잖니."

"죄송합니다."

"무사하니 다행이야. 정말 다행이야….."

아지매는 나를 꼬옥 껴 안았다. 안기는 것이 쑥스러워서 몸이 일순 간에 굳어져 버렸다. 하지만 아지매의 어깨는 포근하고 부드러웠다.

할머니가 해 주신 칼국수를 먹고 나서 타올을 두른 채로 밖에 나가기는 좀 그렇다며, 꽃무늬가 그려진 빨간 몸빼바지를 빌려 주었다. 그리고 치마가 마르면 가져다 주겠다고까지 말했다. 화장실에서 몸빼 바지로 갈아입고 나오니, 식당에 있던 사람들도, 아지도 아지매도 나를 손가락으로 가리키며 웃음을 터뜨렸다. 나도 거울로 자신의 모습을 보니 웃음이 나왔다. 그리고 뱃 속에 막혀 있던 무언가가 모두 펑 뚫린 듯, 양 어깨에 날개라도 돋힌 듯 몸이 가벼워진 것 같았다.

칼국수 먹으러 또 놀러오라며 할머니가 손을 꼭 잡아 주었다. 나도 '네' 하고 대답을 하며 할머니 손을 꼬옥 잡았다. 할머니는 그 앨범 마지막 페이지 사진을 알아차릴까? 아니, 알아차리든 그냥 지나치든 상관이 없다. 그 앨범은 거기에 그렇게 있으니….

* * *

이튿날 나는 아침 일찍 오사카를 향해 대구를 떠났다. 큰 할머니는 직접 담근 고추장을 매실주 담글 때 쓰는 커다란 용기로 2병, 작은 할머니는 바로 짠 참기름을 위스키 병으로 3병, 그리고 페트병 가득히 식혜를 담아 주었다. 아지매는 예쁜 모양의 떡을, 그리고 아침 식사도 못하고 떠나는 내게 비행기 안에서 먹으라며 김밥을 싸 주었다.

"훈이야, 또 놀러와라. 알았지?"

아지매는 눈물을 글썽거렸다. 아지는 웃으며,

"어제밤 훈이 동동주 마시는 솜씨를 보니, 어엿한 한국사람이던걸?"

나는 빙긋 웃어 보였다. 이별이 아쉬웠지만, 빨리 일본에 돌아가고픈 심정이기도 했다. 그 이유는⋯. 태어나서 그렇게 짧은 치마를 입어본 것은 처음이었으니까. 아지의 집에서 저녁에 식사준비를 하고 있을 때, 칼국수집 할머니의 심부름으로 온 젊은 남자가 종이백을 갖고 왔다. 종이백에는 치마가 들어 있었는데, 꺼내어 보니, 언발란스이었던 치마단이 짧은 쪽 길이에 맞춰 가지런히 정리되어 있었던 것이다. 할 말을 잃은 채 멍하니 있는 내게, 어깨 너머로 치마를 본 아지매는,

"어머, 잘 됐네. 이제 제대로 된 치마네."

하며 웃었다. 나도 웃을 수밖에 없었다. 꼼꼼한 봉제선을 몇 번이고 만지작거리며⋯.

출국 게이트로 들어갈 때까지 몇 번이나 뒤를 돌아봤다. 아지 부부는 계속 손을 흔들고 있었다. 졸지에 초미니스커트를 입게 된 나는 따뜻해진 마음과 무거운 선물들을 들고 일본으로 돌아왔다.

* * *

양력 추석이 지나고 서울로 돌아갈 무렵이 되었다. 대학교는 9월부터 2학기가 시작된다. 오후 4시. 할아버지의 산책길을 따라 나섰다. 내일부터는 서울이다. 한 동안 같이 산책할 일도 없으니 나는 여느때보다 세 배 정도 마음을 담아 동행했다. 산책 도중, 공원 벤치에 앉아 쉴 때, 나는 결심에 찬 목소리로 할아버지에게 다짐했다.

"할아버지, 나, 다시 한번 도전해 볼래요."

"아, 그래?"

라며 싱거운 대답이 돌아왔다.

"내가 정한 일인 걸요. 끝까지 해내야죠."

할아버지는 닭처럼 목을 위 아래로, 옆으로 움직이고, 어깨를 빙글빙글 돌렸다. 그리고는 일어서며,

"지내 보다가 정 힘들면 돌아오너라. 무리하면서까지 있을 필요는 없으니…."

라고 작은 목소리로 말했다. 나는 너무 기뻐 눈시울이 뜨거워졌다. 나는 할아버지 등을 향해,

"아뇨, 해낼테니 두고 보세요!"

라고 말했다. 그리고는 잠시 아무 말 없이 앞뒤로 서서 걷기 시작했다. 갑자기 칼국수집 할머니집에서 본 앨범이 떠올랐다. 일본에 돌아와서 사진 이야기를 할까 말까 망설이다, 결국 말하지 않은 채였다. 직접 묻기가 어색해서, 말을 돌려,

이훈 단편소설집

"할아버지 최승희라고 알아요?"

할아버지는 계속 걸으면서,

"알지. 제국극장 같은 큰 극장에서 공연했지. 할아버지도 몇 번 보러 간 적이 있고."

"유명한 무용가죠?"

"그럼 그렇고 말고."

또 한참 동안 침묵이 흐른 후, 할아버지는 앞을 본 채 걸음을 멈추고, 등을 쭉 편 후,

"최승희만 춤 잘 추고 예뻤던 건 아니지. 같이 무용했던 조선인 중에서 더 예쁘고 춤 잘 추는 사람이 있었단다."

라고 말했다. 천천히, 하지만 한 걸음 한 걸음 확실히 발을 내딛는 위대한 뒷모습을, 나는 따뜻한 눈빛으로 바라보았다.

* * *

추석이 지나고 18일. 나는 인천공항으로 돌아왔다. 불안한 마음은 아직 남아 있었다. 서울이 과연 내 재도전을 받아줄 것인지…. 신촌행 버스를 탔다. 1시간쯤 달리니, 오른쪽에 유유히 흘러가는 한강이 보였다. 강가에서 한숨을 쉬며 보내던 과거의 시간들이 생각났다. 마음이 어두워져 시선을 왼쪽으로 옮기자 한강다리에 걸린 반가운 인사말이 눈에 들어 왔다.

'WELCOME TO SEOUL'

춤출 듯 기뻤다. 서울이 나의 도전장을 받아준 것이다. 자, 이제 다시 싸우는 거야. 다시 모험해 보자. 그리고 찾아보는 거야, 내 자신을, 여기 서울에서….

* * *

"훈아, 배 안 고파?"

친구와 남산 밑에 있는 S호텔에 갔다. 며칠 후 도교에 출장간다는 그녀는, 호텔별관에 있는 면세점에 쇼핑을 하러 온 것이다. 그러나 사려는 물건이 없어 그냥 빈 손으로 면세점을 나왔다. 점심시간이 훨씬 지나, 벌써 두 시. 나도 배에서 꼬르륵 소리가 났다.

"훈아, 오늘은 일요일이니까 결혼식 하는 데가 많아. 거기 가서 밥 먹고 가자."

"뭐? 어떻게 그래?"

나는 친구의 손에 끌려 호텔에 들어가, 피로연회장에 침입했다. 한국의 결혼 피로연에서는 지정석이 아니다. 하객들도 200~300명씩 찾아오니 누가 누군지 알 수 없다. 전혀 모르는 사람 결혼식에 가서 밥을 먹고 온다는 얘기를 자주 듣곤 한다. 연예인의 피로연에 찾아가는 것이 낙이라고 자랑하는 아줌마를 본 적도 있다. 그러나 내가 막상 다른 사람 결혼식에 침입하려 하니 무척 긴장되었다.

'에라, 모르겠다. 뭐든 경험해 보는 게 중요하지, 뭐.'

나는 마음을 굳게 먹고 친구와 피로연 테이블에 앉았다. 피로연

이훈 단편소설집

은 보통 부페식인데, 우리가 간 곳은 코스요리가 나왔다. 친구는,

"코스 요리가 나오는 피로연은 처음이네."

라며, 그녀답지 않게 조금 겁을 먹은 것 같았다. 나는 냅킨을 무릎에 펼치고, 테이블에 놓인 전채요리를 포크로 찍어 입에 넣었다.

"맛있다. 먹어봐"

친구는 그런 나의 모습이 의외라는 눈빛으로 보며, '응' 하고 입에 넣었다. 스프, 샐러드, 스테이크… 차례대로 나오는 요리를 묵묵히 맛 보았다. 친구는 어느새 마음이 풀어졌는지 옆자리에 앉은 신부친구와 얘기를 나누고 있었다. 임신 3개월인 그녀는 아기용품은 어디가 좋은지, 어린이전문 체조교실, 음악교실 등 아기가 태어난 이후의 유용한 정보를 얻고 있었다.

보통 신랑, 신부가 인사하러 테이블을 도는 일은 없다고 했는데, 어찌된 일인지, 우리가 앉은 자리에만 신랑신부가 인사를 하러 왔다. 친구가 사이 좋게 이야기 나누던 사람은 신부와 매우 친한 사이인 듯 했다. 친구의 활기 찬 표정이 점점 사그라드는 것을 한 눈에 알 수 있었다. 신부는 친구들과 한 명씩 즐겁게 이야기를 나눈 후, 그 옆에 앉은 내 친구를 보고 웃으며,

"저기, 어느 쪽 하객이신가요?" 라고 물어왔다. 행복한 표정으로 가득한 신랑도 옆에서 빙긋 웃고 있었다. 친구가 '저기, 저, 그러니까….' 하며 머뭇거렸다. 나는 벌떡 일어났다. 이제 내가 말할 차례이다. 나는 신랑에게 손을 불쑥 내밀며,

"오늘부터 두 분 친구가 될 사람입니다. 결혼 축하드립니다. 행복하세요."

라며 축복의 미소를 선물로 전했다. 신랑과 악수를 나눈 후 신부와도 악수를 했다. 둘은 부자연스럽게

"아, 네…. 고맙습니다."

하곤 일그러진 미소로 테이블을 뒤로 했다. 신랑 신부가 물러간 후, 친구는 '휴우' 하고 안도의 한숨을 쉬었다.

"훈이 너, 언제부터 그런 배짱이 생긴 거니?"

나는 디저트로 나온 망고 푸딩을 먹으며 빙긋 웃어 보였다.

"너, 이제 완전히 한국사람 다 됐구나. 영락없는 한국사람이야…."라며 친구는 웨이터를 불러 임신 중이니 커피 대신 녹차를 갖다 달라고 주문했다.

* * *

배불리 먹은 우리는 지하철을 탔다. 그녀는 가벼운 숨소리를 내며 내 어깨에 기대 앉아 잠이 들었다. 전철이 땅밖으로 나왔다. 한강 위 다리를 건너고 있다. 나의 여행에 종착점은 없다. 나의 여행에 정답은 없다. 언제까지나 길을 갈 뿐이다. 하루 일과를 끝내고 잠들러 가는 석양빛을 받아, 반짝 반짝 빛나는 한강은 아름답다.

'아~ 배불러….'

마음도 기운도 가득찼다. 어두운 숲을 헤매다 이제 겨우 쭉 뻗은

이훈 단편소설집

길에 들어섰다. 물론 언젠가 또 어둠의 숲에 빠져들겠지. 또 나약
해져서 울며 주저앉겠지. 하지만 그러면 어떠랴. 여행을 포기만 하
지 않는다면 뭐든 괜찮다. 나는 한강을 향해 미소 지었다.

  '좋아, 파이팅이야!'

나의 여행은 아직 끝나지 않았다.

작가
후기

이 단편집은 내가 일본에 있었을 때부터 쓰고자 하는 충동에 휩싸일 때마다 써 온 글들이다. 시간이 충분히 있든 바쁘든 쓰고 싶다는 충동은 여름철 소나기처럼 갑작스럽게 휘몰아쳤다가 이내 사라진다. 그러한 이유로 창작의 샘이 늘 솟아 나는 작가들이 얼마나 존경스러운지 모른다.

이 단편집은 원래 일본어로 쓴 것을 한국어로 내가 번역한 것이다. 김시종이라는 재일교포 시인이 있다. 그는 에세이를 통해 "난 조선인이면서 일본어로 시를 쓴다는 특이성을 가지고 있다"고 말한 바 있다. 일본어로 창작하는 그 특이성이 바로 재일교포 1세인 그의 정체성인 것이다. 그러면 일본에서 태어나 일본 사회에서 자라고 일본어로 사고하는 재일교포 3세인 나의 정체성은…. '자신의 정체성을 보다 깊이 직시하고 싶다.' 이러한 생각을 갖게 된 이후로 자신의 작품을 한국어로 번역하는 작업을 시작하게 되었다. 번역 작업은 매일 계속되는 언어와의 전쟁이었다. 작업을 하면 할수록 한국어가 얼마나 어려운지를 절감하고 살짝 마음이 짠해질 만큼 한국이라는 나라가 멀게 느껴지곤 했다. 그럼에도 좀 더 가까이 다가가고 싶어하는 자신이 있었다. 그 모습이 바로 지금의 내 모습이라고, 번역 작업을 통해서 실감하게 되었다.

이 단편집에 실린 '다시 서울에'라는 작품은 내가 사랑하는 할아버지의 89번째 생신선물로 쓴 이야기다. 할아버지에게서 배울 것들은 아직도 셀 수 없을 만큼 많다. 1세에서 2세, 3세로 그리고 그 다음 세대로 재일교포 문화가 면면히 이어져 한·일 문화교류의 초석이 되기를 희망한다.

마지막으로 나의 어색한 한국어 표현을 수정해 주신 번역가 이희라 선생님께 진심으로 감사를 드리고 싶다. 이희라 선생님과는 약 3개월 동안 미팅을 하면서 작업을 해왔다. 이희라 선생님은 미식가이기도 해서 맛있는 집을 많이 알고 계셨는데, 사실 미팅보다 미팅 후의 식사 시간을 더욱 기대했었다는 점을 고백한다.

이훈 단편소설집

칠석

이훈 단편소설집

七夕

2007년 6월 21일 인쇄
2007년 6월 28일 발행

지은이 이 훈
펴낸이 김종호
펴낸곳 **지샘**
133-832 서울 성동구 성수2가3동 279-39호
전화 461-5858
팩스 461-4700
등록 제4-339호

ISBN 978-89-88462-88-1, 03810